La vida es color de

Rosa

Yanitzia Canetti

Books

Copyright ©2010 Yanitzia Canetti
All rights reserved.
www.cbhbooks.com

Editors: Manuel Alemán and Heidie Germán
Designer: Ricardo Potes Correa

Published in the United States by CBH Books.
CBH Books is a division of Cambridge BrickHouse, Inc.

Cambridge BrickHouse, Inc.
60 Island Street
Lawrence, MA 01840
U.S.A.

Printed in Canada
10 9 8 7 6 5 4 3 2 1

Library of Congress Cataloging-in-Publication Data
Canetti, Yanitzia, 1967-
La vida es color de rosa / Yanitzia Canetti. -- 1st ed.
    p. cm.
ISBN 978-1-59835-112-5 (alk. paper)
I. Title.

PQ7390.C2435V53 2009
863'.64--dc22

2009047738

A mucha **gente**
porque es una novela muy linda, muy bonita
y muy qué sé yo

A mi **familia,**
por advertirme "mira la televisión desde lejos",
y poner tantos libros a mi alcance

A **Luis Guerra Barcelona,**
porque no necesita un televisor

A **Lolo Rico,**
porque su libro "TV, fábrica de mentiras"
transmite rotundas verdades

La teledependencia es una enfermedad muy bien descrita, como si de una droga se tratara y se caracteriza por una absorción muy intensa de la personalidad.

Francisco Alonso Fernández

Rosa, qué linda eres
Rosa, qué linda eres tú
¡Qué linda eres, Rosa!
¡Rosa, maravillosa!

—Irene Martínez
(del folclor colombiano)

Índice

Rosa encendió el televisor   13
(Corte comercial: Champú *Brillobello*,
lo mejor para el cabello)   40

Rosa no lo piensa dos veces   43
(Corte comercial: Su tienda es *Greengoland*,
el paraíso al 50% de descuento)   69

¡Ay, *Rosa, Rosita, Rosa!*   73
(Corte comercial: Con los pañales *Bebesos*,
su bebé la llenará de besos   104

Rosa entre dos realidades   107
(Corte comercial: *Vierga 2000*, PARA todo)   134

Rosa quiere otra cosa   137
(Corte comercial: Toma *Tecni-Cola*
y vive la *vida loca…*)   164

Rosa suspira y llora   167
(Corte comercial: *Artificín Complex*,
el remedio santo)   203

Rosa, en el capítulo final   207

Rosa
encendió el televisor

Rosa encendió el televisor. Encendió un cigarrillo con filtro marca *Kool* que le regaló María Candelaria, la buena de su vecina. Encendió una vela aromática, para que el olor a rosas inundara el reducido espacio de la sala. Se apoltronó en el sofá de *vinyl* rosado con forro de nailon tornasolado que compró en *Greengoland*, y se dispuso a suspirar de lo lindo.

El apartamento donde vivía Rosa en California, si bien era demasiado caluroso, era muy acogedor. La sala-comedor se comunicaba con la cocina, los dos dormitorios se enlazaban con un baño rosado y la alfombra era una preciosidad: rosadísima. Rosa misma fue quien eligió ese apartamento un año atrás, por más que su esposo prefiriera uno menos amanerado ("menos joto", como él decía). Pero como bien pensaba Rosa, ¿qué sabía él de estética, a ver? Rosa sí que sabía y por eso decoró el apartamento con carteles de *Disneyland*, y con anuncios publicitarios de perfumes franceses y de cremas antiarrugas, y con jarrones de cerámica que compró al módico precio de noventa y nueve centavos, y con flores plásticas de todos los colores y todos los tamaños, y con portadas de revistas montadas en unos marquitos dorados que eran un primor, y con *souvenires* de San Diego (el primer lugar de Estados Unidos que conoció), y con mariposas de acrílico distribuidas sobre un bello papel tapiz con diseños de rosas.

Los muebles guardaban una total armonía porque, aunque eran de *vinyl* rosado, Rosa los había envuelto en un nailon tornasolado que desprendía destellos multicolores por toda la sala-comedor. Solo una mujer como Rosa era capaz de reunir tantos elementos dispares en una convivencia armónica.

Hundida en el sofá de *vinyl* rosado con forro de nailon tornasolado y frente por frente al televisor de dieciséis pulgadas, Rosa exhaló una bocanada de humo mentolado y suspiró hondamente, como suelen suspirar las mujeres lánguidas de las telenovelas.

Eran las tres de la tarde cuando mataron a Lola. Bueno, a Dolores Rosa Eugenia Montes de Oca, la mala de la telenovela de las tres de la tarde, la misma que...

1) envenenó a su marido,
2) se quiso quedar con la fortuna de la familia Abril Primaveral,
3) se robó al hijo de su hermana un montón de veces,
4) pagó a un delincuente para que le desfigurara el rostro a Rosa Margarita Abril Primaveral, la buena de la telenovela,

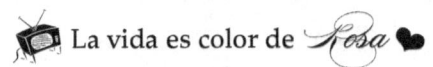

5) engañó a todos los buenos de la telenovela con su cara de mosquita muerta,

6) hizo, deshizo y volvió a hacer y deshacer...

Conclusión, que era tan mala recontramala que tenía que morir a manos de otro malo recontramalo, ja, ¡Romualdo Monzón!

Rosa estaba hundida en su sofá de *vinyl* rosado, con forro de nailon tornasolado, recordando como ayer Romualdo Monzón hundía lentamente sus macizos dedos en el cuello de la malvada Dolores Rosa Eugenia Montes de Oca, quien tanto daño había hecho en los ciento cuarenta y nueve capítulos anteriores. ¿Se imaginan la cantidad de daño que puede hacerse en ciento cuarenta y nueve capítulos de una hora cada uno, cinco días a la semana, a la misma hora, por su canal favorito? Ya era demasiado daño y Romualdo Monzón estaba harto de que ella fuera tan cruel... tan cruel... que lo estuviera dejando chiquito a él. No, eso Romualdo Monzón no lo podía permitir; él, que además de malo y recontramalo, era muy macho y recontramacho, estaba dispuesto a quitarse a la competencia de encima. Más malo que él no podía haber nadie. Así que tramó un plan buenísimo, que le había dado excelentes resultados a los malos de otras telenovelas. En un momento en que Dolores Rosa Eugenia Montes de Oca estaba sola en la habitación 13 del trigésimo piso del hotel Refugio, Romualdo Monzón entró con la llave que se le cayó al encargado del hotel por el pasillo, y le dijo: "Llegó tu hora, maldita Dolores Rosa Eugenia Montes de Oca, ya no vas a hacer ni una más de tus malvadas maldades malévolas y maliciosas. ¿Acaso pensabas huir sola con la inmensa fortuna de los Abril Primaveral? ¿Pensabas llevarte por quinta vez al hijo de Rosa Margarita Abril Primaveral? ¿Pensabas comer guacamole con jitomate?". Disculpen, lectores, esa última oración no es del libreto. Hagan como que no la leyeron y sigan concentrados, que ya casi la va a matar. "¿Pensabas que eras más mala que yo? Pues fíjate que no. Que yo soy tan malo que cuando niño le tiraba tizas a la maestra, le retorcía el cuello a los guajolotes en la finca de mi tío Rigoberto, me ponía un espejito en los pies para verle los calzones a las chavas por la calle y le apagaba la radio a mi abuela en la mejor parte de su radionovela favorita".

Mientras Romualdo Monzón sujetaba el cuello de Dolores Rosa Eugenia Montes de Oca, ella buscaba la forma de matarlo por la espalda con un alfiler que había dejado casualmente el productor de la telenovela encima de su cómoda. "Pero si yo te amo, Romualdo", decía Dolores Rosa Eugenia Montes de Oca para engatusarlo, "Te amo desde la primera maldad que hicimos juntos. ¿Te acuerdas cuando envenenamos a la familia Mariscal? ¿Y cuando ahorcamos a Marco Prepucio? ¿Y del día en que le regalamos un florero plástico a la buena de la telenovela? ¿Te acuerdas, mi amor, te acuerdas?". En ese mismo momento, cuando Dolores Rosa Eugenia Montes de Oca levantaba el alfiler para atravesárselo de lado a lado en el corazón de Romualdo

Monzón, justo en ese momento crucial y emocionante, segundos antes... pasaron los créditos y la musiquita de la canción tema "Ay, Rosita de mi vida, ay, Rosita de mi amor".

Por eso Rosa fumaba velozmente, se atragantaba con un hielo de su *Tecni-Cola*, sudaba sobre el nailon tornasolado que cubría su sofá de *vinyl* rosado y esperaba que por fin hoy muriera uno de los dos malos. Tuvo que esperar quince minutos a que repitieran la última parte del capítulo anterior y a que pasaran cinco minutos de comerciales que anunciaban, entre otras exquisiteces, una refrescante *Tecni-Cola*, sustanciales rebajas en la tienda *Greengoland*, nuevas ediciones de los pañales *Bebesos*, el vigor de las píldoras *Vierga 2000* y los efectos rejuvenecedores de un producto multieficiente y 100% natural, *Artificín Complex*. Entonces, por fin, la telenovela.

A Rosa se le retorcía el estómago, se le acalambraba el dedo gordo del pie derecho, se le entumecían las rodillas, se le encrespaba la espina dorsal, y se desesperaba porque sus malditos chiquillos no la dejaban escuchar lo que le repetía Dolores Rosa Eugenia Montes de Oca a Romualdo Monzón: "... ¿Y del día en que le regalamos un florero plástico a la buena de la telenovela? ¿Te acuerdas, mi amor, te acuerdas?" En ese mismo momento, cuando Dolores Rosa Eugenia Montes de Oca levantaba el alfiler para atravesárselo de lado a lado en el corazón de Romualdo Monzón, justo en ese momento crucial y emocionante... ya casi... ya casi... ¡ZAS! Entró el encargado del hotel Refugio y gritó: "Lola, ¿qué pasa? ¿Quién es este hombre? ¡Traidora! ¡Traidora! ¿Me engañas con otro?". Y quitó a Romualdo del medio y jaló por los pelos a Dolores Rosa Eugenia Montes de Oca. "Me las pagarás, maldita malvada cruel traidora. Yo que tanto te quería y que hasta te iba a regalar unas hamburguesitas magnéticas para que adornaras tu refrigerador...". Y diciendo esto, la lanzó por la ventana de la habitación número trece del trigésimo piso del hotel Refugio. Romualdo se enfureció porque el encargado del hotel se le adelantó en sus planes, y lo empujó también. "Ja, ja, ja, ja", rió Romualdo Monzón, "sigo siendo el más malo".

Rosa apagó la colilla del cigarrillo con rabia, se empinó el último trago de su *Tecni-Cola* y miró con tanto odio a Romualdo Monzón que juró ver el resto de los capítulos de la telenovela de las tres de la tarde, hasta el mismísimo día en que Romualdo se muriera bien muerto y se fuera a los quintos infiernos a achicharrarse como un puerco a 500 grados en el horno... ¡¡¡El horno!!!

Cuando Rosa abrió la puerta del horno, el humo salió disparado por toda la casa. Los niños empezaron a gritar y a toser como demonios chiquitos y Rosa tuvo que abrir puertas y ventanas, tirar cubetas de agua, y acallar con gritos los gritos de sus hijos. El pedazo de puerco quedó hecho un carbón voluminoso. ¿Qué le diría ahora a su marido? Él no iba a entender —porque era una bola de insensibilidad— que por fin Dolores Rosa Eugenia Montes de Oca había pagado bien caro sus malvadas maldades. Rosa empezó a llorar y a lamentar su infortunio: "¿Por qué me habré casado con un pedazo de hombre? ¿Por qué tuve que tener siete hijos con ese pedazo de hombre? ¿Por qué, si yo me llamo Rosa, como las buenas de las telenovelas, me vine a empatar con un tipo que se llama Teodoro? A ver, ¿a quién se le ocurre llamarse Teodoro con tantos nombres románticos que hay...? Armando Jesús, por ejemplo, el de la telenovela de las doce... o Julián Esteban, el de la telenovela de las tres... o mi favorito, José Andrés..."

Cuando Rosa notó que su marido no era precisamente un galán de esos que respiran profundo cada tres palabras y entornan los ojos antes de soltar un "te amo, Rosa de mi alma", sufrió una terrible decepción —seguida de una jaqueca sonámbula que le duró por meses. Rosa no se resignaba a su suerte. Bastante tenía ya con sus siete chiquillos (¡qué casualidad!, igualito que Blancanieves, la de los siete enanos) que le pringoteaban toda la casa con *Gerber*, orinaban pañales a tutiplén y berreaban cada vez que ella se sentaba un rato a disfrutar de sus telenovelas y, de paso, de los persuasivos y casi maternales cortes comerciales. "¡Que ni ver televisión le dejan a una!", se lamentaba Rosa cuando tenía que dejar por la mitad el contundente beso entre Rosa Margarita Abril Primaveral y el joven Julián Esteban Monzón, que era buenísimo, pero que tenía la fatalidad de ser hermano del malo.

Y para acabarla, la chingada ilegalidad. A Rosa ya la estaba cansando aquella vida de inmigrante indocumentada que vivía en perenne zozobra por la falta de papeles, de madre de siete demonios chillones que se habían puesto de acuerdo para enloquecerla con sus gritos, de esposa de un marido borracho y con cara de albóndiga que para colmo se llamaba Teodoro, y de tener que aguantar que su suegra le dijera, en su propia cara, que Rosa Magdalena Carbajal, la buena de la telenovela de las siete de la tarde, no era hija legítima de Faustino Carbajal. La suegrita se creía la divina garza porque la telenovela llevaba unos capítulos de ventaja en México, y gracias a eso podía enterarse antes que Rosa, de la legitimidad sanguínea de los personajes.

La verdad es que Rosa y su suegra nunca simpatizaron. Rosa siempre creyó que su suegra habría preferido para su hijo a María Oliva, la hija de Gumersindo, tan solo porque esta decía ser más virgen que la mismísima Virgen de Guadalupe y, por supuesto, porque era hija de uno de los hombres que más tierras tenía en la colonia. Pero Rosa sabía perfectamente que la tal María Oliva era de ajá, aunque todos en el pueblo la creyeran una santita. A Rosa nadie le iba a tomar la delantera. Teodoro era de lo mejorcito del pueblo y cuando montaba a caballo se le engarrotaban los músculos de una forma que hasta a la más pinta se le aflojaban las piernas. Rosa venció en el primer *round*. Por más que la María Oliva usara sus artimañas para que Teodoro fuera al potrero a ver la nueva yegua de su padre, este la preñó a ella, a Rosa Pérez Pérez, primero que a las demás, y la boda fue con campanas van y campanas vienen: a todo dar. Claro, claro que Rosa se dio el tremendo gustazo de invitar a la María Oliva y a toda su

parentela para que se les retorciera el hígado al ver-
la entrar, muy oronda y vestidita de blanco como una
reina, por la mismísima puerta de la iglesia. Y la que
más torció el pescuezo, que casi se le parte, fue la
madre de Teodoro.

—Acepta usted por legítimo esposo a Teodoro
Barril Bermejo —dijo el Padre Robustiano con cara
ceremoniosa y una lagaña a punto de resbalar por la
mejilla derecha.

—Sí, acepto —dijo Rosa sin pestañear.

El Padre repitió lo mismo para que Teodoro también dijera que sí, que aceptaba a Rosa como su legítima esposa y encantado de la vida porque Rosa era la
mujer que él siempre había soñado para madre de sus
muchos hijos y que además ella hacía unos chilaquiles
como para chuparse los dedos y que nadie le conocía
ningún novio antes que él y que ella era una mujer de
su casa y que quién mejor que Rosa para su esposa y
que claro que sí la tenía que aceptar, mucho más ahora
que llevaba un hijo, un hijo suyo en el vientre, un hijo
de su propia sangre que llevaría el apellido Barril y que
montaría a caballo por todo Michoacán y que tal vez
conocería a otra Rosa como su madre y que cómo se
le ocurre al Padre Robustiano hacer una pregunta tan
tonta cuando la respuesta no podía ser otra que sí, que
un SÍ rotundo para que a nadie, sobre todo a la María
Oliva, le cupiera la menor duda de su intenso amor por
Rosa. Y por eso ambos, Rosa y Teodoro, se plantaron
un beso en el centro de la boca y delante de la cara re-
donda de la María Oliva y de todo su familión. "Para

que se les quite", pensaba Rosa mientras recorría con su lengua las encías de su Teodoro adorado.

El niño nació sietemesino y la gente malpensada comenzó con su habladuría barata. Pero eso a Rosa la tenía sin cuidado, porque ella estaba casada, y muy bien casada, con el padre de su Teodorito. La suegra empezó la guerra desde los primeros meses de embarazo de su nuera y solo otorgó una tregua en el momento en que Rosa casi se desangra con una hemorragia intestinal. Los médicos zurcieron y remendaron a Rosa por acá y por acullá, y pronto la madre y su escuincle estuvieron en casa.

Para qué contarles la cara que puso Teodoro al ver a su hijo, ¡su primer hijo! Primero, cara de buey en celo; luego, cara de guajolote recién nacido; y para rematar, puso una cara de puerco a punto de hornear que...

Vaya suerte la de Rosa. Teodoro llegó del trabajo más temprano que de costumbre y con un aliento a zorrillo indigestado con tequila que espantaba al más ñato. Rosa seguía sentada frente al horno, pensando en ajuares y canastillas mientras miraba frente a frente la cara carbonizada de la masa porcina. Ya el humo se había escapado por las ventanas, pero todavía quedaba un olor seco y penetrante que lastimó el olfato de Teodoro.

—¿Y aquí qué diablos pasó? —quiso gritar Teodoro.

—¿Eres tarado o te haces? Se me quemó la carne de puerco, ¿no lo ves? —dijo Rosa de mala gana e intentando que su marido dedujera que lo que había antes de la figura carbonizada que salía del horno, había sido en algún momento, un trozo de carne de puerco rolliza y adobada con chile serrano.

Teodoro, a quien nadie —ni los más machos de la colonia— había osado jamás llamarlo tarado, arremetió contra el guiñapo de su mujer.

—Si no quieres que te pongan dentadura postiza, no vuelvas a llamarme tarado, ¿me oíste? Soy tu maaaarido, ¿me oíste?, TU MAAAAARIDO. Y, te guste o no, AQUÍ EL QUE GRITA SOY YO, y el que manda soy yo, y el que dice lo que se le pega la gana soy yo, ¿lo entendiste bien, tarada?

A Rosa ya no le daba un brinco el estómago cuando escuchaba los gritos y las amenazas de su marido. Ella sabía perfectamente que los que más gritaban en las telenovelas eran luego los más cobardes y los que al final terminaban tragándose sus propias palabras, como le pasó a Baldomero Malpaso, que se las daba de muy-muy y tuvo que pedirle perdón a su mujer. Qué digo perdón, tuvo que rogarle de rodillas e implorarle perdón a moco suelto. Así que su marido se hacía el gallito pero no era más que un pollo desplumado... ¡y borracho el muy canijo!

—¿Tomaste otra vez, verdad? —preguntó Rosa, a quien la pregunta le parecía tan cotidiana como necia; de modo que había intentado darle un tono más dramático... de telenovela.

—Sí, tomé, ¿y qué? —dijo Teodoro, eructando dos tragos de tequila en la nariz de su mujer.

Por un momento, Rosa creyó que su marido se había ido con otra, ¿con su secretaria tal vez? Pero no, Teodoro trabajaba como cargador de zanahorias y coliflores en un almacén de supermercados. Él no tenía secretarias con las cuales escaparse después del trabajo o distraerse en horas de oficina como sí ocurría en la telenovela "Rosas marchitas" que pasaban a las ocho, en donde Raimundo Ronaldo Reyes era sonsacado por su pérfida secretaria, Glorieta Cortés, quien lo alejaba de su verdadero, único y primer amor, Perla Rosa del Mar. No, definitivamente Teodoro no andaba con ninguna secretaria. ¿Con quién entonces? Rosa tardó en hallar la respuesta porque Teodoro se empeñaba en seguir gritando a la par que sus siete hijos:

—¡Te la pasas frente a la maldita tele y me vienes con sermones de que ando borracho. Ni siquiera te has dado cuenta de que los chiquillos se están desgañitando del hambre!

—¡Esos gritan aunque no tengan hambre! —se defendió Rosa.

Les tengo que decir que Rosa consideraba de muy mal gusto discutir a grito pelado y que todos los vecinos se enteraran de sus altercados matrimoniales por causa de un puerco quemado en el horno y de un marido borracho. Por lo general, en las telenovelas la gente gritaba con cierta elegancia, con cierta emoción, con hondo pesar... pero Teodoro desconocía esas sutiles reglas de educación televisiva. A él le valía madre discutir con o sin elegancia. Lo de él era ver quién gritaba más. Y esto laceró aún más la imagen que Rosa se iba formando de su vulgar marido. ¿Acaso él no había visto la forma sublime en que gritaba Augusto César Imperiales, el de la telenovela de la una, cuando, preso por la cólera, descubría que su madre se había prestado para separarlo de su amada Blanca Rosa Silvestre? ¿Acaso le era tan difícil imitar el donaire y abolengo de los gritos de Luis Enrique Versalles en "Pétalos de rosa", la telenovela de las nueve? ¿Es que la madre de Teodoro no le pudo enseñar a gritar como es debido? De pronto, Rosa notó que sus hijos habían salido igualitos al padre: gritones sin estilo. Ella, como madre que sí sabía gritar apasionadamente, como lo hacía Alma Cándida Rosales Balbuena en la telenovela de las dos, decidió reparar el mal antes de que fuera demasiado tarde. A partir de ese día, ella misma se iba a ocupar de que sus hijos gritaran (porque no era cosa de reprimirlos), pero con dramatismo, con energía, con distinción. Por nada del mundo podía permitir que los gritos de sus hijos se confundieran con los gritos de los demás chicos de la colonia. Si había que gritar, se haría como Dios manda.

Teodoro conocía perfectamente a su mujer, y cuando a ella le daba por posar la mirada en el cuadro de la sala, con un paisaje glamoroso del Jardín del Edén, o en las mariposas de acrílico que adornaban la pared del comedor, o en el cartel que se ganó en un sorteo y que traía la imagen de uno de sus galanes favoritos de telenovelas, no se le podía interrumpir. Nadie la sacaba de sus suspirantes evasiones telenovelescas. Mucho menos Teodoro.

Con todo, su marido lo intentó tímidamente, esforzándose para que las palabras no se le amontonaran en la garganta o se le enredaran con la lengua. Pero el infeliz vino a escoger el peor momento:

—Rosa, ¿la carne de puerco era lo único que había para la cena?

—¡Es el colmo! En vez de pedirme perdón por llegar tan temprano a la casa, todavía me estás reclamando la cena. ¡Todos son iguales! ¡Unos machistas y unos desconsiderados y unos abusadores y unos esclavistas! —Rosa acentuó sus últimas palabras porque sabía que la escena resultaría mucho más estremecedora. Por lo menos, así resultó en el diálogo que había sostenido Rosa Virginia Altares Iglesias con Armando Jesús Villahermosa durante la semana pasada, en la telenovela del mediodía, "Otoño sin rosas". Ella le dijo: "¿Crees que puedo amar a un hombre tan desconsiderado, abusador y esclavista?". Armando Jesús Villahermosa, herido en su amor propio, agarró a Rosa Virginia Altares Iglesias por la cintura y la acercó con gesto decidido. Ella lo miró asustada pero con cara de "no quiero, no quiero, échame en el sombrero". Él aprovechó para decirle: "¡Sí, soy tu esclavista porque tú eres mi esclava... mi dulce esclava". Y acto seguido, la besó a la fuerza. Bueno, lo cierto es que Rosa Virginia Altares Iglesias no opuso mucha resistencia. Solo al final, empujó un poquito a Armando Jesús Villahermosa y le dijo: "Ahora, vete. Por favor, vete. No quiero volver a verte nunca más en mi vida. Nunca. ¡Nunca!". Él le echó una mirada rodolfovalentina, dio un portazo y se fue. Rosa esperaba, aunque sea, que Teodoro hiciera algo parecido. Tal vez que la llamara "mi dulce esclava". Pero lo que hizo Teodoro no tenía nada que ver con sus expectativas.

—Sí, soy un borracho, un machista, un abusador y todo lo que te venga en ganas, ¡pero tengo hambre y quiero comer! —gritó Teodoro, sin lograr con ello sobrepasar los gritos de sus hijos.

Rosa cargó al más chico, Cristian Alejandro, y trató de calmarlo con una mamila rosadita y muy linda que compró en *Osco*. Ya a Rosa le dolían las tetas con la succión desaforada del niño, y a veces optaba por exprimirse ella misma la leche en una mamila. Pero esta vez ni con mamila ni con teta; el niño estaba decidido a llorar y no lo paraba ni su madre. Por otro lado, Rosalinda, la segunda y más presumida de sus hijas, jalaba la camisa del padre y le pedía que le comprara la *Barbie* vestida de novia que salía en el anuncio de tele: "Compre *Barbies* vestidas de novia, de *Miss* América y de guatemalteca-peruana, en su tienda favorita, *Greengoland*". Los otros cinco hijos se peleaban entre sí con verdadero escándalo. La pelea consistía en que todos querían hacer de buenos y ninguno de malo. Entonces a Teodorito, que juraba ser *Superman*, no le quedó más remedio que enfrentarse a su hermano Francisco Javier, que era *Batman*. Luego se sumó Alfonso Enrique, que era *Spiderman*. Y para rematar la pelea, Alma Rosa y Gota de Rocío imitaban los gestos ninjas de sus hermanos, pero aseguraban ser las mismísimas *Powerpuff Girls*.

A punto de la desesperación, Rosa optó por preparar unos cuantos sándwiches de atún con mayonesa, repartir *Tecni-Colas* y *Gerbers* a los más hambrientos, calentarle la leche a Gota de Rocío, y no discutir más con el infeliz de Teodoro (quien, a las diez de última, no tenía la culpa de no ser un galanazo de telenovela como al que a ella le hubiera gustado tener por esposo). Rosa solía terminar la discusión, por más horrenda que fuera, cuando se acercaba la hora de la telenovela "Capullo de Rosa", una de las que más la hacía llorar y que le revolvía los sentimientos más intrincados. Y es que el día anterior, la telenovela se había terminado justo en la parte que Rosa había estado esperando por más de medio año. La parte en que José Andrés Ciprés descubría que el hijo de Rosa Magdalena Carbajal no era un Roble, sino un Ciprés, un legítimo Ciprés. El pobre hombre casi se desmaya con la noticia. Puso, al mismo tiempo, cara de padre parturiento, de oveja trasquilada, de toro con paperas, de sacerdote en noches de luna llena y de pingüino en celo. ¿Se imaginan toda esa emoción en un solo rostro? Pues así se puso José Andrés Ciprés con la noticia de que el niño con el que había jugado a la rueda-rueda y al *hula-hula* durante ciento cincuenta y cuatro capítulos, interrumpidos por más de 400 cortes comerciales, era precisamente su hijo. Díganme, ¿no es como para dar ciento cincuenta y cuatro alaridos y bailar ciento cincuenta y cuatro polcas? Con razón Rosa tenía tanta inquietud. Hoy, a las siete en punto, se iba a saber cuáles serían las primeras palabras de

José Andrés Ciprés ante la impresionante noticia de su paternidad.

A decir verdad, tampoco Teodoro se perdía "Capullo de Rosa". Pero a él lo que más intrigado lo tenía era en manos de quién iba a quedar la fortuna de la familia Ciprés. Bueno, eso sin contar que la Rosa Magdalena Carbajal lo tenía embobado con sus insistentes apariciones en traje de baño. Estaba como quería, la condenada. Y por más injustificadas que parecieran aquellas escenas donde Rosa Magdalena Carbajal se paseaba por todas partes en un minúsculo biquini, a Teodoro se le hacía perfectamente lógico que la criatura estuviera siempre dispuesta a darse un chapuzón. ¡Qué diferente aquella cinturita de tallo de rosa a la cintura de cebolla de su mujer! ¡Qué no daría él por tener en casa a la tal Rosa Magdalena Carbajal en vez de a la Rosa de su mujer! Pero, ¡ni modo!, Teodoro sabía que tendría que cargar con Rosa por el resto de su vida. Era el mandato de Dios y además, él mismito se había echado la cruz encima aquel día en que se le ocurrió meterse con ella en el río. ¿Quién lo mandaba a estar mancillando, deshonrando y vapuleando vírgenes? A lo hecho, pecho. Tenía que agarrar al toro por los cuernos. Así que lo que menos podía haber hecho era darle el frente al asunto. Como un hombre responsable. Como un Barril Bermejo. ¿Que le gustaba más la María Oliva? ¿Que le hubiera gustado anotarse a esa también? Bueno, ¿y qué? Él era hombre, ¿no? Pero Rosa salió embarazada a la primera y tuvo que llevarla al altar para que Dios no lo mandara a los calderos del infierno después que el padre de Rosa lo mandara a matar. La verdad es que estaba rechula la Rosa, y que el olor a caoba que le salía por los cabellos hacía que a Teodoro le diera una punzada en la barriga y un hormigueo en las axilas que luego le provocaba una verdadera agonía en sus testículos. Pero de aquella Rosa con cara de pollito no quedaba ni pío. Seguía igual de chaparra, pero con cuarenta libras de más, dos tetas gelatinosas, un vientre protuberante y una piel cuyo relieve mostraba un mapa detallado de estrías, várices y celulitis. ¡Nada que ver con la lozanía, esbeltez y candor de Rosa Magdalena Carbajal!

Por supuesto que tampoco Rosa estaba conforme con el esperpento de su marido. Teodoro no se parecía absolutamente en nada a José Andrés Ciprés. Con decirles que en la colonia lo llamaban tachuela, por sus extremidades tan cortas y su cabeza achatada. Pero fuerte sí era, que conste. A pesar de no sobrepasar el metro y medio, Teodoro podía al menos fanfarronear de que no le servían ya sus camisas de mangas cortas porque los bíceps y los tríceps deshacían la tela más férrea. Y eso fue también lo que le llamó la atención a Rosa cuando lo veía montar a caballo por los montes de Michoacán. A caballo, Teodoro disimulaba su estatura y podía lucir una efervescencia de músculos a todo galope. ¡Cómo suspiraban las chicas del pueblo al verle la espalda atiborrada con gotas de sudor! Rosa no había notado lo chaparro que era Teodoro porque siempre lo veía montado a caballo. Y aquel día en el río tampoco se percató de las piernas cortas de su primer amante: el agua se las cubría. Pero para Rosa no era mucho problema la escasa esbeltez de su cónyuge. Teodoro tenía suficientes defectos como para reparar en tan nimio detalle.

Ni siquiera Rosa sospechó, en sus primeros días de casada, que el aliento de su esposo jamás dejaría de ser un aliento etílico. Así que con el tiempo, aprendió solo a diferenciar la cantidad y la calidad del alcohol consumido y no la presencia de este en el organismo de su marido. Una que otra cervecita vespertina no lograba encrespar los pelos de Rosa y activar sus gritos, pero dos botellas de tequila, sí. Rosa se había hecho experta catadora de aliento marital. Su marido a veces ya ni se acordaba cuál fue el último trago que se metió en el estómago, pero Rosa era infalible en su dictamen: "tomaste botella y media de tequila", le atinaba a la primera.

Tampoco la cara de Teodoro era agraciada como la del joven José Andrés Ciprés. Por nariz tenía una bola multiforme de plastilina, como si la hubiera moldeado un niño. Los ojos eran los de un búho que no logra conciliar el sueño al mediodía. Rosa nunca había visto el par de redondeles negros que se supone que conforman la córnea. Ella solo había visto la mitad del iris y de la pupila. La otra mitad se trepaba en los párpados y quedaba oculta. La mirada de Teodoro era, sin darles tantos rodeos, la de un buey arrepentido. ¿La boca? Bueno, para decirlo rápido, era una boca común y corriente. Tal vez, la más común y corriente de las bocas. El único detalle era que en la boca de Teodoro faltaban algunos dientes sin importancia.

Ah, y que los labios estaban un poquitillo estrujados por la resequedad que producía el flujo constante del alcohol.

¿Y qué decir de todo lo que a Rosa le molestaba del carácter de su esposo? Sus defectos podían listarse en un manojo de adjetivos —antónimos de los que describían las virtudes de José Andrés Ciprés—: vulgar, inculto, grosero, tacaño, mujeriego, alardoso, mentiroso, descortés, etcétera, etcétera, etcétera. Eso sí, trabajador como el que más y un padre como ninguno. No se le podía quitar ese mérito.

Pero si supieran que Rosa lo quería así y todo. Más bien, lo adoraba. Así como les digo: lo adoraba. Con toda su alma y con todo su corazón, como solo era capaz de amar Rosa después de ver siete telenovelas seguidas por su canal favorito. Era tanto el amor que le nacía desde el fondo de su pecho, que Teodoro a veces se asustaba con los desafueros repentinos y violentos de su mujer. Pero ella —paciente como Rosa Virginia Altares Iglesias, ingenua como Blanca Rosa Silvestre, inocente como Alma Cándida Rosales Balbuena, apasionada como Rosa Margarita Abril Primaveral, provocativa como Rosa Magdalena Carbajal, seductora como Perla Rosa del Mar y suplicante como Rosa Aurora Miraflores— se le encimaba a su esposo y soportaba, estoica, sus rechazos y groserías con tal de lograr una gota, tan solo una gota de su amor. Al final, Teodoro se rendía y Rosa se sentía como una verdadera mujer, probada en el más contundente campo de batalla. Ambos se metían uno dentro del otro con bochornosa desfachatez, se apapachaban, se acurru-caban, se olfateaban, se chupaban, se mordían, se arre-molinaban, se saboreaban, se enroscaban, se meneaban, se restregaban, se estremecían, se cansaban, se lamían, se empujaban, se retorcían, se gritaban y, al final, se ve-nían. Si no los dos (que era mucho pedir), al menos Teodoro soltaba todo su estrés blanquipegajoso dentro del vientre fértil de su hembra. Tras esos breves segun-dos de aullidos tartamudos e infernales jadeos, ella ron-roneaba melosamente en el cuello de su Teodoro. Pero ya para entonces él no podía escucharla. Roncaba.

Eran las siete en punto. La canción tema anun-ciaba que había llegado la hora. Era un bolero roman-tiquísimo, de esos que le sacan a uno las lágrimas a cualquier hora del día, pero que, a fuerza de oírlo dia-riamente durante más de seis meses, le sacaban a uno las ganas de llorar por tenerlo que oír una vez más. Los niños se sabían la canción. Gota de Rocío solo la tara-reaba. Y el coro resultaba ser algo así: "Capullo-llo-llo-llo de rosa-sa-sa-sa te quiero-ro-ro-ro mi vida-da-da-da y me muero-ro-ro-ro sin ti ven-ven-ven por favor-or-or-or que no-no-no aguanto-to-to-to más-más-más que no-no-no aguanto-to-to-to más-más-más que no-no-no aguanto-to-to-to más-más-más".

—¡Que no aguanto más! —les gritó Teodoro a sus siete hijos cantarines—. O se callan o los mando a dormir ahora mismo. ¡Dejen ver la telenovela en paz!

Gota de Rocío y Alma Rosa se acurrucaron al lado de su padre. Rosa cargó a Cristian Alejandro y le embutió el pezón izquierdo en la boca. Los demás estaban sentados por toda la alfombra, graciosamente distribuidos en torno al aparato difusor. Rosa y Teodoro se hundieron en el sofá de *vinyl* rosado con forro de nailon tornasolado y se dispusieron a ver un capítulo más de "Capullo de Rosa".

—Sssss —susurró Rosa—. Ya va a empezar.

—¿Mami, pero si ahora repiten la mitad final del capítulo de ayer? —protestó Teodorito con inocencia.

—Cállate, niño, ¿qué sabes tú de telenovelas? —gruñó Rosa, jalando la teta que tan felizmente mamaba Cristian Alejandro. El escuincle empezó a llorar por la forma brusca en que su madre lo había privado de la leche. Rosa volvió a engullir al pequeño con un trozo de pezón, y se hundió más en el sofá rosado de *vinyl* tornasolado.

—Estate quieta, Rosa, me tienes nervioso —protestó Teodoro.

Rosa iba a abrir la boca, pero en ese momento un niño güerito, con ojitos azulitos azulitos y boquita de capullo de rosa se precipitó a los brazos de un gallardo y también güero galán.

—Ven a mis brazos, José Andresito —dice José Andrés Ciprés, enternecido con la inocencia del pequeño angelito que corre por los jardines perfumados de la casa señorial de Facundo Roble. El niño corre al encuentro de su amigo, que es casualmente amigo de su madre, lo abraza y lo colma de besos inocentes y angelicales que son como maripositas de caramelo en el rostro puro de José Andrés Ciprés. Rosa Magdalena Carbajal corre detrás de su hijo e, inevitablemente, se tropieza con la mirada profunda, enamorada y azul de su adorado e imposible amor. Rosa Magdalena Carbajal no puede ocultar su rubor, su candor, su ardor, su estupor y el temblor que le produce la mirada de su bienamado. El bienamado ignora, porque nadie se ha atrevido a decírselo en los ciento cincuenta y cuatro capítulos anteriores, que ese niño que ahora abraza y mima no es su amiguito, sino su hijo, ¡su VERDADERO hijo! Rosa Magdalena Carbajal baja la mirada.

—Mamita —dice el niño en un arranque de inocencia y alegría— ¡quiero que José Andrés sea mi papá!

—Sí, mi'jo, él es tu padre. Tu VERDADERO padre —los interrumpe Rosa desde el sofá de *vinyl* rosado con forro de nailon tornasolado y a punto de enchumbar de lágrimas el indiferente cuerpo de su hijo lactante.

Rosa Magdalena Carbajal enrojece. Una lágrima cristalina y rosada se desliza fugazmente por su ojo derecho, porque el izquierdo se niega a llorar. De pronto, José Andrés Ciprés nota la enorme similitud entre el pequeño y él. Son como dos gotas de agua. Más parecidos no pueden ser. Pero José Andrés Ciprés siempre había creído que José Andresito era hijo de Facundo Roble, pese a que Facundo no era ni güero, ni tenía los ojos azules, ni tenía aspecto de ángel ni un carajo. (Ay, perdón, es que cuando agarro impulso...). Sigo. Entonces, justo en el capítulo ciento cincuenta y cinco, a las siete y cuarto de la noche, ante la mirada de miles de telespectadores, de los realizadores de la telenovela, de su bienamada Rosa Magdalena Carbajal, del niño inocente que cargaba entre sus fornidos brazos, y del propio Facundo Roble que acudía casualmente en ese momento, José Andrés Ciprés lo sospecha todo. Mira a Rosa Magdalena Carbajal y ella oculta el rostro con sus manos sedosas, candorosas, esponjosas y delicadas. Luego, ya no puede callar por más tiempo y en un arranque de pasión inesperado, Rosa Magdalena Carbajal grita a los cuatro vientos:

—¡Sí, José Andresito, ese hombre que hoy abrazas con tanta ternura y que adoras desde el primer capítulo, es tu padre! ¡¡¡Tu VERDADERO padre!!!

Lo que viene ahora ya lo saben. José Andrés Ciprés pone cara de padre parturiento, de oveja trasquilada, de toro con paperas, de sacerdote en noches de luna llena y de pingüino en celo.

—¿Qué dices, maldita? —grita colérico Facundo Roble—. José Andresito es un Roble, un legítimo Roble.

—No, Facundo, no es un Roble, es un Ciprés, un legítimo Ciprés. Lo he callado durante ciento cincuenta y cuatro capítulos para no herirte porque después de todo, tú me has mantenido, me has introducido en la alta sociedad y me has permitido darme la gran vida. Pero, ¿sabes qué? El dinero no lo es todo. No, no lo es todo. El amor es más importante. Y yo amo. Sí, no pongas esa cara de idiota, yo amo a José Andrés Ciprés. Él es mi VERDADERO amor. Mi único y VERDADERO amor. El hombre que me enseñó a amar —porque yo era una muchacha inocente que no sabía nada de la vida— y él me hizo suya. Me hizo suya.

Rosa suspira desde el sofá (sí, el de *vinyl* rosado con forro de nailon tornasolado). Cada vez que escuchaba la frase: "me hizo suya", le entraban escalofríos por las plantas de los pies.

—Tú eres mía. Solo mía. Y José Andresito también es mío. Todo es mío. ¡Mío! ¡Mío! —grita Facundo Roble a punto de enloquecer.

—Cálmate, querido, todo se arreglará en el capítulo final —lo consuela Rosa Magdalena Carbajal, con su habitual ternura y comprensión.

José Andrés Ciprés toma aire y dice:

—¿Por qué has callado por tanto tiempo? ¿Por qué me ocultaste que José Andresito era un Ciprés y no un Roble? ¿Por qué fingiste amar al hombre que no amabas y dejaste de amar al hombre que te amaba y que tú amabas VERDADERAMENTE?

—Perdóname, José Andrés Ciprés, perdóname. Soy una tonta, una pobre tonta que no sabía lo que hacía —dice Rosa Magdalena Carbajal con los dos ojos empapados en lágrimas—. Quería vengarme de aquel día en que se te olvidó felicitarme por mi cumpleaños y no me regalaste ni siquiera un anillo de diamantes. Y no es que me importe, pero vamos, ¿a qué mujer no la halaga un anillo de diamantes, eh? En cambio, si vieras la clase de anillote que me dio Facundo Roble te caes para atrás. ¿Qué querías que hiciera? Tenía que alimentar a José Andresito. Lo hice por el niño. Por nuestro hijo. Por nuestro VERDADERO hijo.

—¡Mientes! —grita José Andrés Ciprés—. No eres más que una mujer ambiciosa, como todas. Bien me lo advirtió Enriqueta Gandul. Ella sí es una mujer de su casa, y no como tú, que eres una...

—¡Calla, por favor! —suplica Rosa Magdalena Carbajal—. Me lastiman tus hirientes y lacerantes y punzantes y crueles palabras. Enriqueta Gandul era mi mejor amiga. Ella me traicionó. ¿Acaso no te das cuenta, amor mío?

—No te creo —le dice José Andrés Ciprés—. Ni te voy a creer hasta que no pasen ciento cincuenta y cuatro capítulos más.

—¡Nooooo! —grita desconsolada Rosa Magdalena Carbajal.

—Y ahora me voy y me llevo a mi hijo. A mi VERDADERO hijo —dice José Andrés Ciprés con gesto decidido y castigador.

—¡Nooooo! —grita desconsolada Rosa Magdalena Carbajal.

—¡Detente! —interviene airado Facundo Roble—. Devuélveme a mi hijo. No llevará mi sangre pero lleva mi apellido.

—¡Por favoooor! —grita desconsolada Rosa Magdalena Carbajal.

—¡Me voy! —dice José Andrés Ciprés, cargando a su VERDADERO hijo y metiéndose velozmente en su carro.

—¡Nooooo! —grita desconsolada Rosa Magdalena Carbajal.

—¡Mamáaaaaa! —llora el niño inocente, que

sin comerla ni beberla tiene que verse en tan fatal situación.

—¡Hijooooo! —grita desconsolada Rosa Magdalena Carbajal.

—¡Mamáaaaaa!

—¡Hijooooo!

—¡Mamáaaaaa!

—¡Hijooooo!

—¡Mamáaaaaa!

—¡Hijooooo!

—¡Mamáaaaaa!

—¡Hijooooo!

—¡Mamáaaaaa!

—¡Hijooooo!

—¡Mamáaaaaa!

—¡Hijoooooooooooooooooooooooooo, oh, oh, oh!

Bajan los créditos y sube la música. Rosa llora desconsoladamente y arropa a Cristian Alejandro contra su pecho. Teodoro, con los ojos enrojecidos y a punto de arrojar un lagrimón de tequila, intenta en vano consolarla:

—Vamos, mujer, es solo una telenovela. Anímate, que ahora viene "Rosas marchitas" y luego "Pétalos de rosa", que ya está en sus últimas semanas. ¿Te traigo una *Tecni-Cola*?

Pero Rosa no puede escucharlo. Se ahoga en llanto. Por fin balbucea:

—¿Es que no sabes qué siente una madre cuando la separan de su hijo, de su VERDADERO hijo?

(Corte comercial)
Champú *Brillobello*, lo mejor para el cabello

IMAGEN: Mujer con tres pelos mustios y secos, y con cara de guajolote desplumado, aparece en primer plano. Cerca de la mujer pasa un ejército de hombres y ninguno la mira. La mujer se da cabezazos contra la pared, desesperada.

SONIDO: Canción infantil: *Si antes te quería era por el pelo, ahora que estás pelona, ya no te quiero...*

IMAGEN: De pronto, cae del cielo un frasco de champú *Brillobello* y viene a dar justo a las mismísimas manos de la mujer con tres pelos mustios. Ella mira al cielo y sonríe, ríe, se carcajea. La mujer, llena de gozo y alborozo, se echa en la cabeza el frasco entero de champú *Brillobello*. Entonces, por arte de magia, digo, gracias a los efectos vitamínicos del dichoso champú, digo, del susodicho champú, a la cabeza mustia de la mujer le comienza a salir una cabellera selvática. Rubia, claro. La mujer sonríe, ríe, se carcajea y da vueltas como una loca, mostrando cómo gira en el aire su nuevo cabello computarizado (Léase: compatible, moldeable, movible, maleable, impermeable, peinable, accesible, adorable, o bien, brillante, despampanante, exuberante, fulgurante, radiante, impactante, y por supuesto, hermoso, precioso, copioso, primoroso, brilloso, poderoso... y todo lo demás.

SONIDO: Canción adaptada: *Qué bonito pelo tienes arriba de esas dos cejas, arriba de esas dos cejas, qué bonito pelo tienes...*

VOZ DEL LOCUTOR: *Si el champú que usa le hace perder el cabello... No se preocupe por ello, ¡USE EL CHAMPÚ BRILLOBELLO!*

El champú BRILLOBELLO tiene unas poderosas cápsulas microscoscópicas que al hacer contacto con la epidermis de su cuero cabelludo dilatan los vasos termodilatadores del epitelio seminífero folicular craneano y desatan una reacción molecular termodinámica divergente. Pero no exprima sus adorables neuronas tratando de entender estas puerilidades científicas; limítese solo a saber que con el champú BRILLOBELLO podrá presumir del mejor cabello.

VOZ DE LA MODELO: *Con el champú BRILLOBELLO por fin puedo conseguir un hombre BELLO. ¡Amiga, ponte a ello!*

<Una nota al pie de la pantalla y en letras extremadamente pequeñas deberá aparecer en el último segundo del comercial. La nota dirá:>

Los resultados pueden variar según el diámetro y consistencia de su cabeza. Para mayor efectividad, úsese un frasco diario, combinado con los 32 productos de la línea cosmética BRILLOBELLO.

Rosa
no lo piensa dos veces

Para Rosa nunca fue fácil llegar a un nuevo país, que por muy grande que fuera y por mucha Estatua de la Libertad que tuviera, hablaba raro y siempre la estaba acusando de ser ilegal. La lucha fue dura desde que se le ocurrió poner el primer pie en la frontera mexicoamericana. Teodoro ya había cruzado hacía casi dos años y la había dejado con seis hijos y un encargo en la barriga. Total, que Rosa no pudo cruzar hasta que no pariera al séptimo y lo ayudara a crecer un poquito. Nunca quiso contarle nada de la preñadera a Teodoro. No quería estropearle el viaje.

Cuando el chilpayate soltó la teta, Rosa decidió correr el riesgo y cruzó la frontera en un camión de hortalizas, apostando todos sus ahorros a que sí lo lograba. Y tuvo suerte, solo se le murió uno de sus hijos, el último en nacer. Otras madres habían perdido más, así que Rosa se consideró afortunada en ese sentido.

Al escuincle se le ocurrió llorar justo cuando

estaban pasando inspección al cargamento de hortalizas y Rosa le tuvo que tapar la boca con fuerza —y de paso, la nariz. Cuando todo pasó, Rosa pegó un grito tan grande que algunas hortalizas salieron del camión despavoridas. Su bebé era un ramito vegetal, amoratado y tieso como berenjena. Pero su madre no lo pensó dos veces, y lo enterró a pocos kilómetros de la frontera.

Luego Rosa tuvo que permanecer por tres días en un cuarto, junto a una veintena de inmigrantes, carente de oxígeno, luz y espacio para estirar las piernas. Los niños, que hicieron un esfuerzo sobrehumano por portarse heroicamente, comenzaron a enfermarse de miedo. Les entró una claustrofobia crónica, agravada por un estreñimiento pavoroso y una anemia galopante. La madre temía por la suerte de sus hijos más que por la de ella. La pérdida accidental de Fernandito Lorenzo la dejó con un sentimiento de culpabilidad del que no lograba desprenderse ni siquiera con la presencia viva de sus otros seis hijos.

Rosa invocaba fervorosamente a todos los santos y vírgenes que conocía para que la sacaran del apuro: "Virgencita de Guadalupe, ampáranos; Virgen de San Juan, cuida de nosotros; Virgen de Talpa, tú que eres tan milagrosa, habla con Diosito Santo y pídele que no nos desampare; Señor de la Misericordia, a ti nos encomendamos para que nos protejas; Santos Reyes, ustedes que se hicieron santitos porque fueron a ver a Niñito Dios y ahora están cerca de Diosito Santo, envíennos un milagro; San Judas Tadeo, tú que intervienes en casos difíciles, habla con Diosito Santo, que es tu primo hermano, y dile que nos limpie de todo mal". Pero lo más que pudieron hacer todos aquellos santos y vírgenes juntos, después de cinco horas de debate celestial, fue mandarles papel sanitario con otro de los coyotes que llegó por la madrugada ese mismo día. Rosa agradeció la ayuda de cualquier manera, porque era una mujer muy agradecida y, después de todo, era un favor que le hacían desde allá arriba.

Lo peor que podía pasar es que tanto sacrificio se viniera abajo si los detectaba "la migra". Pero después de tres días de cautiverio, fueron pasando en grupos pequeños hasta diversos lugares donde los esperaba el enlace. El enlace los trasladaría hasta un pueblo o ciudad cercana, y allí, ya era cuestión de arreglárselas como pudieran. Rosa también tuvo suerte en esto. Su enlace era el compadre Chuy, quien la llevó hasta los mismísimos brazos de Teodoro, en la ciudad de San Diego.

Apenas llegó, Rosa no solo pudo estirar las piernas, respirar el añorado oxígeno y hartarse de luz, sino que pudo darse cuenta de que al fin estaba en los Estados Unidos. "¡Lo logramos, Teodoro, lo logramos!", no se cansaba de repetir Rosa a su marido durante las dos primeras semanas de su llegada.

Estuvieron poco tiempo en San Diego, pese a que el compadre Chuy insistió en que se quedaran en su casa, que por él no había ningún problema, que ya se había encariñado con los niños, que no, que no eran insoportables, que solo eran un poco inquietos, que así son todos los niños chiquitos, que él lo entendía... Pero no, gracias, le dijo Rosa, que iba a ser demasiada molestia, que no insistiera, compadre, que gracias de todas formas.

Rosa tenía un dinerito reservado para un gran apuro que, gracias a Dios, no tuvo que emplear en el funeral de Fernandito Lorenzo. (El recién nacido quedó sembradito, como una semilla, un poco más acá del Río Bravo). El dinerito alcanzaba para que Rosa hiciera su entrada triunfal en el país de las oportunidades, y ella no iba a dejar pasar esa oportunidad. Cuando estuvo en una de las múltiples tiendecillas provisionales, montadas a lo largo del puerto de San Diego, Rosa no lo pensó dos veces y compró algunos *souvenires*. "Tal vez tengamos que echar mano de esos veinte dólares, Rosa", trató de persuadirla Teodoro, quien veía cómo Rosa estaba a punto de dilapidar una fortuna en cosas que no se comían. Pero cuando a Rosa se le metía algo en la cabezota, era difícil hacerla cambiar de opinión. De cualquier manera, le sobraron dos dólares con cuarenta y cinco centavos, por si acaso. Y lo que compró valía la pena: unos llaveritos con unos barquitos chulísimos, cuatro postales, una jarrita que decía *Sea World* y hasta una patita de yeso con sus tres patitos.

Más adelante les contaré las cosas hermosas, esplendorosas, candorosas, amorosas, primorosas, maravillosas, cariñosas, amistosas y con olor a rosas que le sucedieron a Rosa cuando por fin chocó con la realidad del Primer Mundo; su vida anterior era de ficción, algo que olvidaría en un santiamén. Quién iba a querer acordarse de una vida en la que había que chambear en el campo con tantos chiquillos al retortero, en las que ni tiempo tenía uno de ver tele… si es que tenías la suerte de tener una. Rosa nunca había tenido esa suerte. Se conformaba con uno que le regaló el antiguo patrón de Teodoro y que se había roto desde el primer día, justo cuando un candidato presidencial hablaba de mejorar la calidad de vida del pueblo. Ella nunca se deshizo del aparato, por muy roto que estuviera, servía para apoyar biberones, veladoras, monedas y adornos post-navideños. Además de que daba cierta tranquilidad y protección tener un televisor en casa.

Ya todo había pasado. Ahora toda la familia estaba junta y podían sentarse felices y contentos frente a un televisor. Pero no era tan fácil tampoco. No, no. Había muchos en las tiendas y de todos los tamaños y formas y marcas y precios… pero por increíble que parezca, Rosa y Teodoro no tenían dinero para comprar el divino aparato.

Como les cuento. Teodoro tuvo que doblar jornadas de trabajo, y chambear horas extras los fines de semana para mantener las seis bocas siempre-abiertas de sus hijos y la gran boca de su mujer.

Fue un hombre muy suertudo desde que llegó a los Estados Unidos, casi dos años antes que Rosa y sus hijos. Cruzó el río sin problemas y el coyote no más le robó quinientos dólares. Tampoco tuvo que vender drogas ni que vender su alma al Diablo para sobrevivir. Gracias a los rezos de su mujer y a las veladoras que prendió su madre frente al altar de la Santa Patrona de México, Teodoro siempre había logrado trabajar en algo. La hizo de carnicero con un chino que lo ayudó y que fue tan buena gente de pagarle un salario libre de impuestos, a dos cincuenta la hora. También la hizo de *troquero* por dos meses cuando tuvo que sustituir a un tal Candelario, que enfermó de cirrosis hepática... pero tuvo que conformarse con menos salario porque no tenía papeles y el patrón se tomaba demasiado riesgo en contratarlo. Luego trabajó un tiempo de pizcador de fresas, de vendedor por teléfono del prodigioso antídoto para la impotencia, *Vierga 2000*, de ayudante de cocina y, finalmente, logró conseguir un trabajo buenísimo, por cuatro cincuenta la hora, cargando zanahorias y coliflores para una red de supermercados. Teodoro daba gracias todos los días a Dios misericordioso por ayudarlo a conseguir empleo. Y se lamentaba mucho porque algunos de sus amigos no tenían la misma suerte que él, pese a que le pedían lo mismo y hasta con mayor fervor a Dios todopoderoso. Qué le vamos a hacer. Así son las cosas del Señor y él sabe lo que hace. Aunque estaba claro que Dios tenía especial simpatía por Teodoro.

Rosa y Teodoro tuvieron que trasladarse a la ciudad de Pacoima porque era allí donde Teodoro había resuelto el trabajito de suministrador de zanahorias y coliflores para una importante red de supermercados. La pareja cargó con sus seis hijos y con los *souvenires* rumbo a Los Ángeles, pero otra vez estuvieron a punto de vomitar el corazón. A muchos carros que iban delante los dejaron seguir y no les pidieron papeles ni nada. Pero cuando les tocó el turno a ellos de traspasar la garita, un oficial les hizo señas de que se hicieran a un lado, para una revisión de rutina. Rosa y Teodoro intentaron disimular su nerviosismo, poniendo caras de mansas palomas frente a las caras de perro *bulldogs* de los agentes. Los agentes se olieron algo raro, porque no son bobos y están ahí para hacerles la vida de cuadritos a los que pretendan violar las sagradas leyes de la nación americana. Revisaron las dos bolsas que traían Rosa y Teodoro y verificaron que los *souvenires* fueran auténticos y no un pretexto ingenioso para traficar sutiles cantidades de droga. Uno de los oficiales llamó a Rosa aparte y le hizo dos preguntas en tan perfecto inglés, que de haberlo escuchado un colega, lo hubiera considerado un catedrático británico en vez de un agente de inmigración. A Rosa se le aflojaban las piernas y le corrían las gotas de sudor hasta por las orejas. El hombre la observaba con desprecio e impaciencia, pero tuvo que reconocer —con una libidinosa mirada— que Rosa llevaba un generoso escote. El hombre mascaba chicle en cámara lenta. Rosa apretaba las nalgas para que los gases del miedo no estallaran en un recinto tan cerrado. El hombre comenzó a dar golpecillos en el piso, como si ya no pudiera esperar ni un segundo más. Rosa no lo pensó dos veces. Sonrió primero, se abrió el primer botón del escote después y le explicó al oficial, en un inglés primitivo, que ella *noespikinglich*. El agente pareció comprender algo porque sonrió, ¿o era que agradecía el panorama protuberante que Rosa ponía ante su vista? Luego, revisó minuciosamente la *green card* y la dejó pasar. Cuando Rosa y el oficial salieron de la garita, Teodoro también tuvo que mostrar su *green card*, pero no fue preciso que se desabotonara ningún botón de la camisa ni que respondiera ninguna pregunta en inglés. Solo mostró sus documentos al oficial, quien supuso que Teodoro no sabía una gota de inglés y le habló en casiespañol: "Sus doucumentous, per favour". Rosa apretó los dientes y estrujó el ceño al ver que aquel tipo estirado sí hablaba español y la había hecho sentir una trucutú con patas al preguntarle a ella en inglés. El caso es que ni en perfecto inglés ni en casiespañol, el oficial se había dado cuenta de que ellos eran ilegales y no los pudo mandar de vuelta a Morelia. La pareja pudo al fin reanudar su viaje rumbo a Los Ángeles.

Rosa abrió la ventana para dejar salir un suspirote de alivio que casi le revienta el pecho. "Te lo dije, Rosa", le comentó Teodoro cuando se alejaron del punto de control entre San Diego y Los Ángeles, "valió la pena gastarme el dinero en estas *green cards*. Hasta los de la migra creyeron que eran auténticas, ¿viste?". Pero Rosa no podía ver ni oír. Le zumbaban par de abejorros en los oídos y se le nublaba la vista con musarañas violetas. "Cálmate, mujer", la palmoteó Teodoro, "vas a tener que pasar unos cuantos sustos como estos. La migra te persigue hasta en los sueños. La cosa es gardearla y escurrirse siempre. Hasta que se den por vencidos o venga una amnistía".

Cuando por fin llegaron a casa de los compadres, Basilio y Guadalupe Molina, pudieron desahogar, a modo de anécdota divertida, el sustón que pasaron en el cruce. Los niños alborotaban por todas partes. "Están grandísimos tus muchachos, Teodoro", le comentó Basilio, quien también tenía su prole aunque no tan abundante.

Teodoro estaba feliz como lombriz, no paraba de hablar y de sumergir *chips* en la salsa picante que preparó la comadre Lupe. Festejaron con cervezas y una música que enchinaba el cuero de la emoción, nada menos que de Los Tigres del Norte. Los chiquillos corrían y gritaban a sus anchas. Los hijos de los compadres les mostraban a los recién llegados unas figuritas de colores que se llamaban *Pókemon* y que siempre vencían a los malos porque volaban y tenían superpoderes.

Rosa y la comadre Lupe conversaban en la cocina, mientras calentaban en el *microwave* unas cuantas tortillas para la cena. Los compadres, sentados en la mesa del comedor, hacían planes de cómo hacerse millonarios en los próximos dos años. Era refácil, todo era cuestión de jugar a la lotería y tener suerte.

Después de un día agitadísimo, los niños se rindieron de sueño y los compadres acomodaron a Rosa y Teodoro en el sofá cama de la sala. No era un sofá grande pero se las arreglaron para caber en él.

Cuando por fin Rosa y Teodoro pudieron estar a solas, se miraron a los ojos sin hablarse por más de media hora. Teodoro rompió el silencio con un beso que le empotró a su Rosa en medio de la nariz. "Dime, Rosita, ¿me extrañaste estos dos años? ¿Me extrañaron los niños?" Rosa tragó en seco. Pensaba ocultarle a Teodoro la suerte de Fernandito Lorenzo. Él ni siquiera sabía que la había dejado preñada antes de cruzar la frontera. Pero los niños lo habían visto todo. Habían escuchado el grito de su madre. La habían visto llorar frente a la tierra desértica. Rosa no lo pensó dos veces y le dijo a Teodoro toda la verdad. El hombre perdió el habla otra media hora y luego se abrazó a la cintura de su mujer. Y le besó el vientre una y otra vez. Y le prometió darle más y más hijos. Y le pidió perdón por dejarla sola. Y se echó a llorar como un bebé recién nacido.

Teodoro empezó a trabajar, y pronto él y Rosa pudieron rentar su propio apartamento en el mismo edificio de los compadres. Él hubiera querido uno menos pomposo y más económico, pero Rosa se enamoró del ciento cinco desde que plantó un pie sobre la alfombra rosadísima de la sala-comedor. Como no les alcanzaba el dinero para el *down payment* o enganche, Rosa no lo pensó dos veces y —aprovechando que su marido se pasaba casi todo el día carga que te carga zanahorias y coliflores— se fue al tianguis con los seis chiquitos. Puso a Teodorito y a Rosalinda casi a la entrada para que cantaran a coro "México lindo y querido" y les dijo que lo hicieran a todo pulmón y con orgullo jarocho, porque eso animaba más a la gente a soltar *coras* en el sombrero. (Para los eruditos en cuestiones de estricta gramática cervantina, debo aclarar que *coras* es la castellanización o la mexicanización del término anglosajón *quarters,* o sea 25 centavos.) Después de ubicar a Teodorito y Rosalinda en la mera entrada del tianguis, Rosa puso a los gemelos,

Francisco Javier y Alfonso Enrique, frente a un puesto de chamarras para que bailaran un zapateado con sus trajecitos folclóricos, que la propia Rosa les había confeccionado con unos pañuelos de colores que le regaló la comadre Lupe. Por último, Rosa se colocó casi al final del tianguis con Alma Rosa y Gota de Rocío. Las pequeñas iban vestidas de angelitos y su madre se puso a vender unas estampitas de la Virgen de Guadalupe, engrapadas con mucha gracia a una cartulina en la que estaba escrita una oración milagrosa y cuyos extremos superiores estaban enlazados por un cordelito de estambre. Solo el primer día en que se le ocurrió aquella fabulosa idea, Rosa logró reunir sesenta y ocho dólares. Y eso que descansaron por dos horas para comerse unos *hot dogs*. Los cuates fueron los que más dinero lograron aportar, y no solo porque el numerito que montaron era de mirar, sino porque con solo seis años habían sincronizado sus pasos a las mil maravillas. El parecido de los gemelos, el atuendo que les había confeccionado su madre y la ejecución tan sorprendente fueron las tres cosas que se combinaron a favor de Francisco Javier y Alfonso Enrique.

Teodorito y Rosalinda hubieran reunido más dinero de no haber sido por las discusiones que sostuvieron ambos hermanos en cuanto a la letra de la canción. Rosalinda decía: "...que digan que estoy dormido y que me traigan aquí...", y Teodorito le porfiaba que la letra de la canción fuera esa. Él cantaba: "...que digan que estoy dormido y que me lleven allí..."

Pero bueno, el caso es que la hilera del tianguis

estuvo llenita de gente y soltaron plata como locos ante el encanto y la gracia de los seis hijos de Rosa.

Rosa aprovechó los seis días en que los tianguis estuvieron montados en la plazita. Al final de la semana, Rosa alcanzó reunir la escandalosa cifra de ciento dieciséis dólares con setenta y siete centavos. Con un poco más y ya podía considerarse una mujer rica.

Con lo que pusieron los compadres para ayudar, lo que trabajó Teodoro durante un mes de doble jornadas, y lo que aportó Rosa durante su efímera aparición en la plazita provisional del parque, lograron reunir la cantidad que se necesitaba para pagar el depósito, así como el primer y el último mes de renta del apartamento. Y por fin Rosa pudo poner sus dos pies sobre la alfombra rosadísima.

Para mayor fortuna, a Teodoro le subieron el salario a cinco la hora. Rosa se dio el gustazo de comprar algunas cositas para su apartamentito (un sofá de *vinyl* rosado con forro de nailon tornasolado, un juego de comedor que se armaba y se desarmaba, un refrigerador pequeño pero con dos puertas, dos camas, una sobrecama de conejitos rosados para los niños y una con ramos de rosas para la cama de ella y Teodoro, y algunos juguetes). Pero faltaba lo más importante… el divino y bienponderado televisor.

Los niños estaban entusiasmadísimos de vivir en EE. UU. y encantadísimos cada vez que iban de tiendas, sobre todo cuando iban a la tienda *Greengoland*, que tan buenos descuentos tenía siempre. Allí podían comprarse camisetas con *Duck Donald* y *Mickey Mouse*, o con caras de peleadores rudos cuyos músculos eran incluso más grandes que la cabeza, o con un letrerote llameante, da igual si este decía *I am stupid* o *Encargue su ataúd llamando al 1800 VEA CAJA*. También podían jugar con las maquinitas tragamonedas y tomar las *Tecni-Colas* que salían de una enorme caja lumínica, que era como una lata de *Tecni-Cola* gigante.

A los seis meses, la familia Barril compró su primer carrito. ¡Carrote! Era una carcacha, sí, pero espacioso como un salón de baile. Cabían los seis niños, y además Rosa y además Teodoro y además las bolsas de compra.

Los fines de semana iban con los compadres a dar una vuelta. Los domingos iban todos a misa. A veces comían en el puesto de Demetrio el paisano, o en un restaurancito mexicano que les quedaba cerca y donde hacían unos chiles rellenos de chuparse los dedos. Ciertas noches, Teodoro y el compadre Basilio se daban sus traguitos para terminar el día contentos, pese a que sus mujeres terminaban descontentas.

Volvamos a Rosa, que es a fin de cuentas nuestra protagonista. De ella es de quien más hay que hablar en esta novela y darle el lugar que se merece. Pues bien, Rosa tuvo sus pequeños problemillas al principio... cuestiones culturales sin mucha importancia y que le pasa a cualquier inmigrante que llega a este país con cara de no entender ni jota.

Con lo primero que tuvo que chocar Rosa, claro está, fue con el idioma tan raro que hablaba la gente de los Estados Unidos. Ni movían los labios, aunque la lengua se les hiciera un nudo adentro. Como si siempre estuvieran hablando con la boca llena. Lo peor era cuando tenía que encontrar una dirección. Daba ochenta vueltas a la manzana, pasaba ochenta veces delante del letrero de la calle y no lograba dar con el dichoso lugar que andaba buscando. Y la verdad es que la pobre Rosa no tenía la culpa de que la gente no pronunciara bien el nombre de las calles. Si a Rosa le decían que buscara la calle "Bailan", ¿cómo pretendían que ella adivinara que el nombre de dicha calle no se escribía como la simple conjugación castellana del verbo bailar? Parecía que lo hicieran a propósito y con mala intención, la verdad. ¡Mira que llamar "Bailan" a la calle donde quedaba el mercadito! Con razón, Rosa no la encontraba ni atrás ni adelante. Por más que supiera ella leer —porque llegó a sexto con calificaciones de excelente, y su padre la premió con unos zapatitos de charol rosados— era imposible imaginar que el letrero "Vineland" correspondía a la calle que llevaba más de dos horas buscando. "¿Acaso no sabían los que inventaron el nombre de la calle", pensaba Rosa, "que *Vine* viene del verbo 'venir' y no del verbo 'bailar'?"

Nada, que Rosa se percató de que la gente hablaba diferente a como escribía. ¿Por qué se empeñarían en hablar un idioma tan complicado?

—¡Con lo fácil que es el español! —le comentaba Rosa a su marido cuando llegaba exhausta a su nuevo apartamento y Teodoro le explicaba cómo hallar direcciones—. En español no hay vuelta de hoja: al pan pan y al vino vino.

—Pero estamos aquí, Rosa —le decía Teodoro—. Tenemos que aprender a vivir como ellos y hablar como ellos. Lo respetan más a uno. Te suben el salario y no te miran por encima del hombro.

—Bah —porfiaba Rosa—. Yo hablo español clarito. Y al que no le guste, que mastique un chile con limón. Además, al que me mire por encima del hombro, le doy un revirón de ojos que se va a quedar bizco. ¿Cómo lo ves?

Teodoro no seguía la discusión. No tenía caso llevarle la contraria a Rosa cuando a ella se le atoraba una idea en la cabeza.

Lo segundo y lo tercero con lo que Rosa tuvo que lidiar fue con la discriminación y el chantaje. Ella no sabía cómo identificar la discriminación, pero la sentía a leguas. Se le acalambraban los huesos cuando el tipo de la gasolinera le pedía la identificación hasta por un simple paquetito de chicle que ella compraba. Y eso que le pagaba en *cash*, es decir, con dinero constante y sonante; o lo que es lo mismo, con dos monedas de veinticinco centavos cada una. Rosa salía echando chispas de la gasolinera y no sabía de qué forma comprar chicle sin tenerle que ver la cara al tipo rojo de ojos color verdolaga. Luego se dio cuenta de que en la gasolinera no era en el único sitio donde sentía que le salía humo por las orejas. Por todas partes había gente que le pedía la identificación —el "aidí", la "grincar", el "páspor", la "drailaicen"— y luego, no conformes con eso, le seguían pidiendo y pidiendo más y más identificaciones. ¿Qué no? Pues miren que sí. La peor vez fue el mismo día en que Rosa cumplió treinta y cinco años. Teodoro le dio la chequera y le dijo cómo usarla y qué escribir en cada línea. Rosa había practicado en casa con dos o tres cheques que Teodoro rompió y tiró a la basura. Pero cuando llegó la hora de pagar los cisnes, vasos, marcos, juguetes, hebillitas y adornitos plásticos, empezó el problemón. Primero, la mandaron para otro lugar porque ella llevaba once productos y por aquel carril solo permitían hasta diez mercancías. Luego, la mujer sospechó de la honestidad de Rosa. Le discutía que las gafas oscuras que llevaba Rosa eran de la tienda *Greengoland*. Buscaron a un muchacho que hablaba español y Rosa le explicó que ella había entrado con las gafas a la tienda y que eran unas gafas bien bonitas que le regaló su marido Teodoro y que ella no era ninguna ladrona ni nada que se le parezca porque pobre, sí, pero ladrona, será la chingada madre de la gringa que se atrevió a llamarla así.

—Mire, señora, no lo tome a mal —le dijo el joven salvadoreño que intercedió en la disputa a petición del mánager—, ella se confundió, pero no la llamó ladrona. Solo que lleva usted las gafas con la etiqueta de la tienda *Greengoland* en el cristal derecho, y eso es un poco extraño, ¿no cree?

—Ah, ¿era eso? ¿Y tanto alboroto por eso? —preguntó Rosa, quitándose los lentes oscuros—. ¿Qué tiene que ver que yo lleve las gafas con la etiqueta, a ver? ¿Por qué se mete esta gringa en que yo lleve las gafas como se me pega la gana? A mí no me molesta para nada y veo perfectamente. Dejé la etiqueta para que se viera que son nuevecitas y que me las acabo de estrenar. Además, después de hoy las pienso guardar para mandarlas a Tlaquepaque en la primera oportunidad que tenga. Allí vive mi tía Flora y le va a encantar recibir algo extranjero. ¿Y se imagina usted, jovencito, qué feo se vería dar un regalo que ya fue usado? Lo mejor va a ser justamente la etiqueta. ¿Me entiende usted, me entiende usted?

—Sí, claro señora. La entiendo perfectamente y le ruego que nos disculpe. Ha sido solo un malentendido —dijo con voz adulta el muchachito.

El joven habló en inglés con Roxana, que así era el nombre que llevaba escrito la cajera en un prendedor blanco, y la Roxana le pidió disculpas a Rosa, pero en inglés y se veía que lo hacía de mala gana. Rosa decidió no hacer una tormenta en un vaso de agua y puso cara de "por mí ya se acabó la discusión y no se hable más del asunto". Pero la mujer no tenía, al parecer, las mismas pacíficas intenciones de Rosa. Le empezó a pedir identificaciones y datos tontos. Rosa fue sacando del monedero todas sus tarjetas, las de mentira y las de verdad. Después, la tal Roxana le pidió el número del "sochialsekiúriti", que es el seguro social en español, y anotó el número en el cheque ilustrado con rosas que Rosa le dio. Luego, la repesada y sangrona mujer le pidió a Rosa el número de teléfono, el número de la tarjeta verde, el número de la licencia de conducir, el número de la cuenta en el banco, el número de la tarjeta de crédito, y otros números más. Poco faltó para que le pidiera el número de pie que calzaba y el número de veces que meneaba las nalgas sobre Teodoro. ¡Era el colmo de la sangronería! Pero finalmente, la mujer le extendió el recibo y le entregó las dos bolsas de nailon con la mercancía.

"¡Menos mal que no me pidió el certificado de defunción de mis padres!", pensaba Rosa mientras agarraba sus dos bolsas, "lo dejé en México con el apuro".

Antes de salir, a unos tres pasos de la puerta de la tienda *Greengoland*, Rosa vio unos estantitos plásticos que giraban y tenían muchas gafas oscuras diferentes. Rosa no lo pensó dos veces. Se probó una de las gafas, se miró en el espejito que había en la parte superior del estante giratorio, y salió muy oronda, con las dos bolsas de nailon y las gafas puestas —con etiqueta y todo. "Para que se le quite", fue lo último que pensó Rosa antes de poner un pie fuera de la tienda *Greengoland*, "Ladrona será su mamacita".

Lo cuarto con lo que Rosa tuvo que batallar fue con las costumbres. Nada tenía que ver su cultura mexicana —jugosa y fresca— con la rascacielos-cultura de Los Ángeles. Empezando por las comidas. Rosa odiaba esas bolas de carne molidas y aplastadas que vendían en cada esquina como si se tratara de algo tan apetitoso como un chile relleno. Aunque tenían los más diversos y estrafalarios nombres y apellidos, Rosa sabía que todas eran hamburguesas comunes y corrientes, pero desabridas y secas. Rosa prefería, mil veces, irse a uno de esos puestecillos o restaurantes donde vendían agua de tamarindo y unos huevos rancheros a todo dar.

—¡México lindo y querido! —se reía Rosa con su marido y sus hijos, en las contadas oportunidades que tenían de ir al puesto de Demetrio el paisano—. No hay nada como un *McBurrito* de carne asada o un *McTaco* de sesos.

De a poco, Rosa se fue "adaptando", que era la palabrita de moda para los inmigrantes: "adaptarse o no adaptarse, *that's the question*". Todo terminó resbalándole desde que se encontró a sí misma y recobró sus raíces, su identidad… quiero decir, se vio reflejada en la tele. Bueno, no pongan esa cara, cada quien se ve a su manera, y para Rosa no había diferencia ninguna entre una Rosa de una telenovela y ella. Libritas más libritas menos, dinero más dinero menos, las dos hablaban español y amaban con toda la fuerza de su corazón a un amor imposible… ¿o acaso Teodoro no le resultaba imposible de aguantar cuando llegaba tomado? ¿O acaso no eran imposibles todos los que desfilaban por las telenovelas…? "Ay, quién pudiera…"

Para Rosa existían ciertas prioridades al llegar a los Estados Unidos. Ver una telenovela completa, por ejemplo, era uno de sus más manoseados sueños, de hecho, creo que era el primero en su larga lista de deseos. "Ver una telenovela desde el capítulo 1 hasta el capítulo 2004". En México solo alcanzó a ver unos pocos capítulos que la habían hecho soñar con el día feliz en que pudiera contar con un televisor que no estuviera roto, y en el día feliz en que la vida no le diera otra opción que la de quedarse en casa para disfrutar de las telenovelas. Por una razón o por otra, no tenía tiempo de estar a tiempo en casa de alguna vecina para ver *Gotita retechiquita, chaparrita y huerfanita* ni *Rosa tempestuosa y huracanada*.

Otro deseo de Rosa era el de encontrar en este país un lugar cómodo donde acojinar su fe católica apostólica y méxicorromana. Pero qué complicado era eso también. Había iglesias, catedrales, santuarios, capillas, basílicas y templos por doquier, pero así de prolíferas eran también las creencias de los asistentes. En primer lugar, no en todas aquellas construcciones eclesiásticas vivía Jesús. Y cuando por fin hallaba una iglesia donde estaba Jesús —clavadito, delgado y todopoderoso como el que Rosa conocía— no estaba la Virgen. ¿Se imaginan qué frustración? ¿Cómo podían ser capaces, algunos creyentes, de separar al hijo de su madre? ¡Qué desmadrados! Y después decían que iban a entrar al paraíso. "San Pedro les va a tirar la puerta en la cara", pensaba Rosa cuando, por equivocación, entraba a la iglesia equivocada. Pero siempre había gente más trastornada aún. ¡Ni siquiera creían en Diosito Santo! Creían en otros diositos, ¡Dios mío! Algunos adoraban a uno muy panzoncito y achinado, llamado Buda, y tenían la desvergüenza de tocarle la barriga y pedirle buena suerte; otros creían en dioses negros, pintorreteados y vestidos de colorines; otros hablaban con los muertitos y ponían los ojos en blanco y la voz de trueno; otros adoraban a un sinfín de figuritas de barro cocido, incluso a las piedras y a los palos; otros se inventaban dioses como si tal cosa; otros modernizaban la Biblia; otros se guiaban por libritos sacados de abajo de la manga y decían que eran tan sagrados como las Sagradas Escrituras; otros no creían ni en la madre que los parió; y otros hacían pactos hasta con el mismísimo Chamuco. ¡Cruz! ¡Cruz! En fin, el desmadre y el "despadre". Todas las religiones, sin embargo, coincidían en algo: clamaban ser las únicas y verdaderas, y aseguraban que las demás eran puro cuento, o una reverenda mentira o una manera de atraer, engañar y manipular a los incautos.

Ante tantas y tantas iglesias, Rosa no lo pensó dos veces. Jamás le iban a pasar gato por liebre. Ella creía en su Virgencita de Talpa, que la había sacado de más de un problema; en su Virgen de Guadalupe, la Patrona Milagrosa; en unos cuantos santos y vírgenes más y, por encima de todo, por unanimidad y sin discusión, en su Diosito Santo. Así que, aunque fuera la última católica, apostólica y méxicorromana que quedara en todo el planeta, ella no firmaría contratos con otro dios que no fuera Diosito Santo, Nuestro Señor.

Por suerte, cerca del edificio donde rentaron Rosa y Teodoro, había una pequeña iglesia —de las de verdad— donde el Padre Jesús Antonello daba una misa bilingüe, con un acento italosicilianoanglohispano que nada tenía que envidiarle a las misas en latín: los feligreses extraían sílabas y las empataban en el aire como si fueran piezas de un rompecabezas lingüístico, y algunos, como Rosa, creían que la misa era un mensaje en clave bajado desde el recóndito cielo. Pero ella, devota hasta el tuétano, iba cada domingo con su Teodoro y sus seis hijos, todos limpitos, almidonados y con calcetines. Los niños se aburrían como ostras porque no entendían en qué idioma hablaba el erudito Padre. Teodoro aprovechaba aquel estado de embriaguez litúrgica para pensar en cómo pedir otro aumento de salario a su jefe. Rosa, por su parte, le pedía a la Virgen que los mantuviera unidos y saludables. Pero en una ocasión en que el Padre dijo algo de la gran visión de Cristo Nuestro Señor, Rosa aprovechó para pedirle a Diosito Santo, que tan buena visión tenía, que les trajera un televisor grandote, con la pantalla en colores y un montón de botones y canales.

Y fíjense que sí, que Diosito Santo la escuchó. ¡Milagro! No, no digo que sea un milagro que Dios haya escuchado a Rosa, sino que fue un milagro que la escuchara. No, tampoco, qué tonterías digo. El milagro fue que... Bueno, ustedes me entienden, que fue algo estupendo que Dios complaciera a Rosa en un santiamén y sin otra mediación que la de Teodoro. Claro, porque Teodoro tuvo su mérito también. Él fue el vehículo que encontró Dios para mandar la tele. ¿Se imaginan si Dios hubiera lanzado la tele desde las alturas? Pero él es sabio y eligió a Teodoro, que era tan fuerte y trabajador. Teodoro había doblado jornadas, había doblado el lomo trabajando horas extras, había vendido naranjas en las avenidas y no había gastado un centavo ni en una cervecita aguada. Entonces, el domingo —día en que Diosito Santo descansó pero Teodoro no—, Rosa vio una sombra cuadrada por la ventana que avanzaba hacia la puerta de su apartamento. Era un televisor, sí, ¡un televisor! Y quien lo traía, con la lengua afuera era el bendito de su marido, que, ay, cuánto lo quería Rosa al verlo así, echando la gandinga por complacerla, que pobrecito cómo has podido cargar tú solo con algo tan grande… que pasa pronto a la casa, mi amor, y ponlo *ahí*…

El dilema comenzó *ahí*: ¿dónde iban a ponerlo? Los niños querían en el cuarto, Teodorito propuso burlonamente que lo pusieran sobre la taza del baño, pero el voto se inclinó hacia el más convencional de los lugares: la sala. Luego vino el otro dilema: ¿en qué parte de la sala? ¿Frente o de espalda a la ventana? ¿Frente o de espalda a la puerta? Por fin se pusieron de acuerdo y Teodoro, que ya tenía las manos enrojecidas con el lleva y trae, pudo plantar el televisor en la mesita que Rosa ubicó frente a la ventana con el pretexto de que así le daría más luz a la pantalla, aunque en realidad lo que pretendía era presumirle a todo el edificio que ellos tenían televisor nuevo. El compadre Basilio ayudó a Teodoro a instalar el aparato. Rosa estaba excitadísima. Brincoteaba por toda la casa para sacudirse el exceso de alegría. Los niños no entendían qué pasaba, pero saltaban tras ella como duendes con picazón. Teodoro guardó el manual en inglés que venía con el televisor, para cuando supiera leer ese idioma, y se encargó de adivinar por su cuenta cómo echar a andar aquel artefacto. Los compadres le echaron una mano.

—Estos botones son de adorno no más —dijo la comadre Lupe—. Solo aprieta este botón para el canal latino. ¡Es en español, Rosa!

Tras trazar una estrategia de cómo mover los

escasos muebles de que disponían hasta la fecha, Rosa no lo pensó dos veces. Ayudada por la comadre Lupe y por los hijos de ambas, Rosa ubicó el sofá de *vinyl* rosado con forro de nailon tornasolado donde debía ir, justo frente al televisor. Así, fue disponiendo todo en torno al nuevo personaje que había entrado en escena y que desde entonces tomaría total protagonismo en la vida de Rosa.

—No te puedes quejar, comadre —le decía Lupe mirando de reojo el televisor—. Ahora vas a poder ver las telenovelas. Están echando unas buenísimas, ya verás, no te vas a aburrir.

Rosa parecía una chiquilla con juguete nuevo. Ella había tenido un televisor en México pero, qué va, este era mil veces más bonito. Tenía más botones y los colores eran brillantes. La gente salía con los ojos más azulitos, el pelo más amarillito y los cachetes más rosaditos. Qué retelindo se veía todo en esa pantalla. Rosa aprendió enseguida a usar el control remoto para prender y apagar el televisor, para cambiar de canal... y hasta para poner la fecha y la hora. ¡Era un televisor-calendario-reloj-despertador!

—¡Ay, Teodoro, te adoro! —dijo Rosa, ahorcando a su marido con un abrazo—. ¡Qué felices vamos a ser con una tele!

La verdad es que la vida de Rosa florecía por día. Como las rosas del rosado rosal de un jardín encantado. (¡Qué bien me quedó eso, ¿no?) Los Estados Unidos tenía sus cosas malas, como cualquier otro país, pero ¡qué cosas tan chulas vendían! Con un poquito de trabajo, y la ayudita de Diosito Santo, se podía comprar hasta La Casa Blanca, con presidente y todo.

Poco duró, sin embargo, la tranquilidad de Rosa. Rosalinda y Teodorito empezaron a pelearse por el control remoto, Gota de Rocío vació la pasta dental en el pelo de su muñeca, Alma Rosa partió el cuello de uno de los cisnes de adorno, los gemelos correteaban por toda la casa y tumbaban todo a su paso. Los tres hijos de Basilio y Guadalupe, aunque eran tímidos y tranquilitos, se alborotaron con el entusiasmo de los niños de Rosa y se sumaron al jolgorio. Teodoro y Basilio charlaban y se carcajeaban entre cervezas espumosas y una charola con botanas. Lupe se fue al mercado por más cervezas para alegrar lo que quedaba de lunes. El volumen del escándalo subía y subía. Todos por el mismo canal, gritaban casi a la vez. Gota de Rocío amenazaba ahora con vaciar el champú de fresa *Brillobello* sobre la alfombra rosadísima. Rosa no lo pensó dos veces, le dio un par de nalgadas a Gota de Rocío y la mandó a la cama. Lo mismo hizo con Alma Rosa. A los gemelos los metió de cabeza bajo la regadera, les cepilló las orejas, las rodillas y los codos. Luego los mandó también derechito a la cama. A Teodorito y Rosalinda les encomendó velar que sus hermanos chiquitos se durmieran en menos de media hora, si es que querían quedarse a ver televisión con ella.

Cuando Lupe regresó del mercado, halló a sus tres hijos sentaditos en el sofá de *vinyl* rosado con forro de nailon tornasolado, a ambos lados de Rosa. Teodorito y Rosalinda estaban sentados sobre la alfombra, recostados a las piernas de su madre. Basilio y Teodoro se habían metido al cuarto bajo amenaza y coacción. Rosa les advirtió que si no la dejaban ver tranquila la televisión, se iban a tener que ir a tomar sus cervezas a otra parte. Lupe guardó las cervezas en el pequeño refrigerador y se sumó a los espectadores.

Rosa no lo pensó dos veces y comenzó a llorar. En la pantalla se veía, a todo color (con predominio del rosado intenso), el asesinato espeluznante, sangriento, ponzoñoso, escalofriante y premeditado que un libidinoso maniático sexual cometió contra una inocente y decente familia de inmigrantes indocumentados. La sangre corría a borbotones, tiñendo las blancas paredes y las pulcras escaleras. Algunos trozos triturados y gruesos fragmentos de carne fueron hallados en el horno y sobre la tabla de planchar. Las víctimas habían sido víctimas de un tipo inescrupuloso, cruel, cretino, mequetrefe, desgreñado, grosero, problemático —y que, por cierto, reprobó primer grado, según testimonio de su maestra, Patricia Crag. El tremendamente grave, protuberante y macabro crimen se produjo en la calle Cracovia durante un prominente y trepidante crepúsculo primaveral. Prepuciano Prado, alias "El primate", el desmadrado criminal prófugo, fue encontrado sorpresivamente mientras premeditaba otro crimen cruel y reprochable. Gracias. Pasen ustedes una noche tranquila. (Sonrisa del locutorrrrrrr).

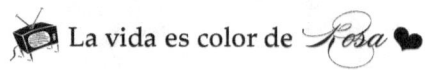

(Corte comercial)
Su tienda es *Greengoland,* el paraíso al 50% de descuento

IMAGEN: Mujeres, hombres, niños, ancianos, minusválidos y gente de todas las razas, clases sociales, credos y preferencias sexuales entran despavoridos y desesperados a la tienda GREENGOLAND.

SONIDO: Canción de *rock,* interpretada por *Guns N' Roses: "Welcome to the Jungle".*

VOZ DEL LOCUTOR: *No se pierda las exclusivas ofertas de su tienda GREENGOLAND, donde todo, absolutamente todo es y está en oferta. Adquiera unos exclusivos calcetines rayados por solo 19.99; llévese unos calzones marca Telaví, por solo 19.99; cómprese aromatizantes con olor a jardín lluvioso por solo 19.99; escoja de entre nuestra amplia selección de pantuflas invernales, dos (una para el pie derecho y una para el pie izquierdo) por solo 19.99; cargue con joyas, papel sanitario, papitas fritas con sabor a tocino, protector solar, gorros de franela, piezas de repuesto* *para frigoríficos, flores plásticas, postales navideñas, aceite de ricino, calendarios de gatos, manteles calados, macetas chinas, aspirinas, estuches de espejuelos, cremas hidratantes, papel de regalo, revitalizadores para el cabello, pelapapas eléctricos, bombillos anaranjados, muñecos de peluche, vasos de colores, cojines, cajitas, cajones, co... bueno, ahí lo dejamos.*

IMAGEN: La gente sale carcajéandose y cargados de bolsas plásticas. Algunos sacan contenedores en unas grúas rentadas. Las bolsas plásticas dirán, con las letras verdes del logotipo de la tienda, la palabra GREENGOLAND. Todos van aproximándose a la cámara y hablando de las maravillas de comprar en GREENGOLAND.

SONIDO: Canción # 1 del *hit parade*: "Te necesito para ser feliz, Greengoland", interpretada por el coro Voces Unidas.

VOZ DEL LOCUTOR: *Anímese, apúrese, despatárrese, desbóquese, no pierda tiempo. Aquí no hay restricciones, ni leyes, ni fronteras, ni guardafronteras, ni agentes de inmigración, ni nada que pueda frenar sus ganas de comprar. Usted es completamente LIBRE de comprar lo que se le antoje. No más tiene que gastar su dinero y eso es todo. Así que, ¿qué espera? Saque ahora mismo su dinero del banco, venga con su chequera o cargue con todas sus tarjetas de crédito. Olvídese de los peces de colores, tire la casa por la ventana, siéntase rico por un día, la vida es una sola y bien*

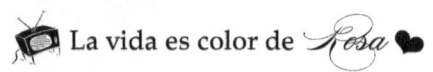

vale gastarla en los departamentos de su tienda favorita,
GREENGOLAND

Aunque no lo crea, aunque le parezca imposible, aunque se rompa la cabeza sacando cuentas, usted ahorrará miles de dólares si se gasta millones de dólares. Créanos, ¿qué ganaríamos con mentirle?

MODELO VESTIDA DE ANGELITO: *El paraíso está aquí, a 50% de descuento. Y si "aplica" para una tarjeta de crédito verde, digo, para una tarjeta verde de crédito, conseguirá un 10% adicional. ¿No es sencillamente maravilloso? Vamos, vuele hacia el paraíso GREENGOLAND, el lugar al que todos van.*

<Nota al pie del comercial que saldrá en los dos últimos segundos, en letritas microscópicas y casi transparentes: *Esta oferta es válida solo por hoy, de 2.00 pm a 2.30 pm.*>

¡Ay, *Rosa, Rosita, Rosa!*

En el espejo, Rosa vio a una mujer aún joven, pero con unas alarmantes "patas de gallina" al extremo de los ojos. También vio unos labios secos y con una pérdida notable de su antiguo grosor. Y vio dos mejillas flojas y movedizas que comenzaban a delimitar su territorio con zanjas más o menos profundas. La nariz parecía indiferente a los cambios biológicos del rostro y la frente con su habitual estrechez, permanecía despejada y asombrosamente lisa. El cabello caía, a partes iguales, sobre una porción de cada oreja, y se mantenía voluminoso y negro como el fondo de una caverna. Pequeña y simétrica, con la carne algo despegada de los huesos —pero dura como cuero curtido— y una sonrisa centrífuga, Rosa cumplió 36 sin temor.

La rutina se adueñó de la casa a los pocos meses de llegar el televisor. La vida de la familia Barril giraba en torno al aparato telenovelero con recorridos alucinantes. Para Rosa, el televisor era la medicina para todos los males hogareños: lo mismo se convertía en castigo que en premio. Cuando sus hijos impedían que ella disfrutara de los besos antropófagos de los protagonistas de "Rosas marchitas", los castigaba a ver el televisor con ella y a estarse como postes telefónicos, quietecitos y silenciosos. Entonces los niños, maniatados al no-grito y al no-corre-corre, sufrían copiosamente con el acaramelamiento de Perla Rosa del Mar y Raimundo Ronaldo Reyes. Otras veces, cuando los niños se resistían a comerse una birria chilosa o tiraban el guacamole debajo de la mesa, Rosa acudía al mismo remedio: "si se comen toda la comida, los dejo ver televisión toda la tarde".

El televisor era, por si fuera poco, una nana perfecta para toda la familia. Los arrullaba con sus diálogos anodinos: "No me dejes, José José". "Sí, te dejo, Rosita Rosa." "No, José José." "Sí, Rosita Rosa." "Ay, no, José José." "Ay, sí, Rosita Rosa." "José José, que me muero." "Rosita Rosa, déjame que me voy... que me voy..." "José José, que no te vayas, que no te vayas." "Mi Rosita Rosa." "Mi José José." "Mi linda Rosita Rosa." (Suspiros intermedios.) "José José querido." "Rosita Rosa." "José José." (Suspiros finales.) Y —¡qué ventaja!— la nana les repetía una y otra vez las mismas escenas con tal de que no tuvieran que esforzar la memoria, o uniformaba los deseos de todos los miembros de la familia durante los espacios comerciales: "tomen *Tecni-Cola* ahora mismo" (y el erótico sonidito del aire comprimido en una lata estallaba en un coro de impostergable sed). Además, el televisor-nana les recordaba los horarios del día: la hora de hacer el almuerzo era cuando comenzaba la musiquilla de "Otoño sin rosas", y la hora de preparar la cena era cuando el jadeo de las olas del mar sacudía la pantalla del televisor y aparecía, flamante y salobre, Perla Rosa del Mar y su plateada cola de sirena.

Hago notar, con suspicaz suspicacia, que algo similar pudo haberle dado a Pavlov la idea para su teoría de los reflejos incondicionados. Pero si el sabio hubiera tomado en cuenta la eficacia del televisor para probar su hipótesis, jamás habría molestado a los perros con una estúpida campana. No más tenía que encender el televisor y dejar que las voces agridulces de Rosa Aurora Miraflores y Luis Enrique Versalles lograran que las bocas de Rosa y Teodoro se llenaran automáticamente de saliva, indicando infaliblemente, que había llegado la hora de comer.

Como les venía diciendo, el televisor ganaba cada vez mayor espacio y disponía del espacio de los demás. A veces, amontonaba a los Barril sobre el sofá de *vinyl* rosado con forro de nailon tornasolado, y a veces los disgregaba por toda la sala. Incluso una vez, Rosa hubiera jurado que del televisor emanaba cierto calor, y al resto de la familia se encaprichó en que sí, que el televisor era también una chimenea y que por eso todos se mantenían frente a él, acurrucaditos y adobados a fuego lento.

Rosa se escudaba en el aparato difusor cuando el tono de voz de su marido vaticinaba tormenta con vientos huracanados. Más de una discusión fue evitada por la risa inocente de Rosa Aurora Miraflores, el amor imposible de Luis Enrique Versalles en la telenovela de las nueve, porque invariablemente Teodoro se enternecía al escucharla. Más de una discusión entre Rosa y Teodoro se había disuelto en besos y perdones por la atinada intervención de Raimundo Ronaldo Reyes, el de la telenovela de las ocho, cuando lloraba a mares y le suplicaba a Perla Rosa del Mar otra oportunidad. Y más de una discusión la ganó Rosa por *knockout*, gracias a que, justo en ese momento, la protagonista de la telenovela le prestaba las palabras que necesitaba y que en ocasiones, Rosa confundía con algún parte meteorológico: "Desde que contrajimos nupcias, no he vuelto a sentir en mi cálida mejilla el tibio roce de tus labios tormentosos, ni tu gélida mano en mi ardiente pecho, ni el calor de tu mirada derritiendo el frío temblor de mi timidez, amor mío". En esos momentos, Teodoro, más confundido que conmovido, se avalanzaba hacia su mujer y la exprimía con caricias ovejunas, dando por terminada la discusión en forma rotunda.

Para Rosa el televisor era además una bendición de Dios. Si quería evitar la visita inoportuna de una vecina o se resistía a saludar a su suegra por teléfono cuando el estúpido de su marido insistía en establecer la paz entre las partes beligerantes, Rosa ya sabía cómo desembarazarse del asunto. Se clavaba frente al televisor, como la más ferviente telespectadora, y ni un terremoto la sacaba de allí. "Es que está viendo los últimos capítulos de 'Pétalos de Rosa', mamá" —la justificaba su marido cuando la voz de María Elvira Barril, ofendida por el rechazo de su nuera, destilaba sapos y culebras por la línea telefónica.

El televisor la hacía también de farmacia. Evitaba el *stress* (que provocaba). Y era buenísimo contra el insomnio, y proponía más "uñas de gato" que el número de vidas que se les adjudica a los felinos. Como acompañante, ¡ni se diga! Bastaba prender el televisor para desbaratar el silencio y creer que las personas que se juraban amor eterno o discutían acaloradamente estaban en la habitación contigua o en la cocina.

Ya la vida sin televisor era imposible para Rosa. ¿Cómo se iba a enterar de los complejos procedimientos que usaba la CIA contra los infiltrados de la KGB rusa en 1962? ¿Y cómo iba a saber que los terroristas de Al Qaeda eran terrícolas aterradores y terribles que odiaban lo terrenal de todos los territorios de la Tierra? ¿De qué forma iba a enterarse de que el violador en serie que atacaba a mujeres de nariz grande en una colonia de Ohio no era el mismo asesino en serie que atacaba a mujeres de zapatos rojos en Idaho? ¿Cómo se iba a enterar que Fernando de Magallanes descubrió las islas Filipinas el 15 de marzo 1521? ¿Quién, sino el televisor, le iba a informar sobre los desequilibrios demográficos de la superpoblación en Tokio o sobre la ausencia de cafeína en una burbujeante lata de *7UP*?

Ahora Rosa intervenía con soltura y pasión en las conversaciones domingueras de post-misa. Que nadie se atreviera a discutirle que Ricky Martin iba a los restaurantes de Nueva York porque le gustaban más que los de Alabama, o que Mirka de Llanos no usaba pasta dental *Colgate*. "A mí que no me vengan con cuentos, que yo lo vi en la tele con mis propios ojos".

En fin, que la televisión todopoderosa, todo-protectora y omnipresente le recordaba a toda la familia Barril lo que tenían que pensar, lo que tenían que comprar, lo que tenían que decir y lo que tenían, sobre todo, que hacer ante todas las situaciones de la vida —lástima que las situaciones de la realidad no fueran adaptadas por un buen productor de telenovelas, a las glamorosas y sublimes situaciones de la televisión.

Rosa sentía que su vida en blanco y negro comenzaba a colorearse como los cuadernos de Disney que rellenaban sus hijos con las crayolas. El apartamento era la prueba de que la vida de Rosa iba tomando color: cortinas rojas, cojines verdes y anaranjados, floridos tapetes de encaje plástico sobre un mantel azul celeste, claveles metálicos de un rosado macizo, almohadones con dibujos de pavos reales, corazones bermejos cariñosamente recortados sobre cartulina y en cuyo centro latía una foto de cada uno de sus hijos, floreros de yeso con ratones *Mickey* y patos *Donald* en relieve, postales de varios lugares (incluido, claro está, las góndolas venecianas, la parisina torre Eiffel y el Big Ben londinense), algunos de los nombres de sus hijos en chapas de carro... traducidos al inglés (porque Rosa no los logró encontrar en español) y adheridos al refrigerador por un imán (entre los que se inventó y los que halló, así quedó la cosa: Theodore, Pretty Rose, Frank J., Al Henry, Soul Rose, Drop of Dew y Christian Alexander), lamparitas modernísimas con formas romboides que columpiaban en su interior una masa deforme, enigmática y asquerosilla pero con colores muy bonitos,

carteles monísimos de actores y actrices en despampa-
nantes trajes de baño, una enorme bola de cristal que
mantenía apresado a un regordete y rosadillo Santa
Claus en medio de la nieve producida por luminosos
copos de poliespuma. También estrenó una sobrecama
nueva, aunque le encantaba la de rosas. Ahora la recámara estaría envuelta en la estratosfera del edén. La
sobrecama nueva mostraba corazones rosados, amarillos, verdi-azules, anaranjados y rojos surcados por un
arco iris de estrellitas malvas.

Teodoro, del que no me gusta hablar mucho,
por su personalidad desabrida y su indisposición a ser
un verdadero galán de telenovelas, incrementaba su
cuota básica de tequila; especialmente si el compadre
Basilio aterrizaba en el apartamento apenitas Facundo
Roble, el villano de las siete, tramaba cómo poseer
—por las buenas o por las malas— a la voluptuosa Rosa
Magdalena Carbajal. Los dos hombres aprovechaban
la ocasión para comentar —tequilazos van, tequilazos
vienen—, qué harían ellos si tuvieran delante, y con
aquel biquini de manzanitas, a la tal Rosa Magdalena
Carbajal. Nada, que en opinión de los compadres, no
había Rosa Magdalena que se les resistiera. Teodorito,
presente en aquella plática de machos, se incorporaba
a veces y ocultaba su rubor con carcajadas estridentes,
como si entre él y Rosa Magdalena ya hubiera existido
algo inconfesable.

A Rosa se le antojaba cuanta cosa veía en la
tienda *Greengoland*, o en cualquier otra del mismo estilo y con los mismos seductores productos, sobre todo

si ya antes la había visto en un comercial de televisión. Nadie podía tomarle el pelo. Ella sabía perfectamente que algunos jabones dejaban la piel reseca y que otros la dejaban como la seda. A la hora de decidirse por un detergente, prefería el que dejaba como nuevecita una camisa manchada con una mezcla de aceite de cocina, salsa picante, lodo y gasolina, a aquel otro cuyo único mérito era que olía como una mañana en el campo. Sabía que había marcas con más prestigio que otras aunque el producto fuera exactamente el mismo, que el papel sanitario rosado era mejor tenerlo de adorno en el baño para que combinara con la cortina pero que el que tenía que usar y luego volver a guardar en el estante era el blanco. Elegía con precisión los alimentos dietéticos ($Fat = 0\%$), aunque persistía en condimentarlo con salsas y mantequilla para que tuvieran algo de sabor. Identificaba con recelo cuál era la carne de vaca loca y de oveja loca, y optaba por la carne de puerco, que todavía no había enloquecido. Discernía entre los cereales inteligentes y los que solo tenían colorines. Unos, según decían en la tele, hacían que sus hijos fueran más inteligentes y mejores deportistas, y otros eran únicamente más bonitos. Rosa, que no tenía un pelo de tonta, prefería que sus hijos tuvieran un cereal feo pero que se les fuera para el cerebro.

Superada la timidez del primer año y diestra en tarjetas de crédito, cupones, rebajas, facilidades de compra, pagos a largo plazo, premios, regalías, loterías, e informada como nadie de los productos más anunciados en la tele, Rosa era un águila para conseguir comprar más y gastar menos. Una vez tuvo la suerte de comprar diez latas de *Pedigree*, el mejor alimento para perros, recomendado por veterinarios y criadores de perros de raza, por el increíble precio de tres dólares. ¡Una ganga! Luego, tras aplacar la sobreexcitación propia del comprador que se cree más listo y afortunado que los demás, Rosa se percató que no tenía perro.

Los cambios de Rosa fueron tan ostensibles que sus paisanos empezaban a comentar: "Ya es casi americana". "Qué bien se integró a la sociedad". "¡Qué buena ciudadana!". "Si sigue así se va a ganar la residencia en la primera amnistía que venga". Incluso un día, el padre Antonello Jesús la puso como ejemplo para hablar de las mujeres-pulpo. Bueno, lo dijo con otras palabras. Dijo que Rosa era digna de imitar porque era madre, esposa, mujer y que además estaba familiarizada con su entorno social y defendía a la comunidad hispana. Tiempo después, las comadres la eligieron para que comenzara a dar charlas a las madres solteras. Rosa era una líder. ¡Qué diría la envidiosa de María Oliva si la viera! Sí, porque bien que la María Oliva se llenó la boca para decir que Teodorito era sietemesino y para dudar de que Rosa hubiera llegado virgen al altar.

Teodoro, sin embargo, se hundía en el anonimato. Sus hijos raramente le obedecían, salvo cuando querían obtener un nuevo *Pókemon*, una *Barbie* atlética, o una pistola, espada, bomba, ametralladora, escopeta o artefacto multidestructor-lasergaláctico-exterminador, de esos que usaban los hombres invencibles, inmortales y acaba-con-todo. Tampoco Rosa podía disponer a su antojo sobre la conducta de sus hijos, pero algo sí le funcionaba: castigarlos a ver televisión cuando ellos querían jugar o premiarlos con la televisión cuando ellos querían tener acceso a una película o programa no recomendado para menores. Pero para esto último, Rosa ponía demasiadas condiciones de obediencia.

Para Teodoro, el único momento de alegría era ver a Rosa Magdalena Carbajal en traje de baño y temerosa de ser poseída otra vez por el supermalo Facundo Roble. También embobecía con la risa aniñada de Rosa Aurora Miraflores o con el ombligo escandalosamente visible de Perla Rosa del Mar.

Que las cosas fueran mejor o peor en su relación sexual con Rosa dependía mucho de los capítulos del día. Si Rosa Virginia Altares Iglesias había aceptado casarse con Armando Jesús Villahermosa para defender su amor a toda costa, si Blanca Rosa Silvestre y Augusto César Imperiales habían logrado verse a la una de la tarde, pese a la enredadora de Agripina Nerón, si Alma Cándida Rosales Balbuena comprendía por fin que Cristian Alejandro Olivares era el amor de su vida, en "Rosales del olvido", si Rosa Margarita Abril Primaveral se entregaba como una rosa abierta a los brazos fornidos de Julián Esteban Monzón y le confesaba que todas las noches había soñado con aquel día, si Rosa Magdalena Carbajal y José Andrés Ciprés optaban por enfrentarse a todos de una vez y por todas, si Perla Rosa del Mar le decía a Raimundo Ronaldo Reyes que su ombligo sería para él y para nadie más, si Rosa Aurora Miraflores y Luis Enrique Versalles se besaban con lengua y todo... entonces Rosa era hasta capaz de bailar, eufórica y desvergonzada, una danza turca para su Teodoro del alma. Pero si Rosa Aurora Miraflores abofeteaba a Luis Enrique Versalles al descubrir que la engañaba con su mejor amiga, si Perla Rosa del Mar sorprendía a su Raimundo Ronaldo Reyes con el ombligo de otra, si Rosa Magdalena Carbajal sufría a causa de los desprecios de José Andrés Ciprés, si Rosa Margarita Abril Primaveral descubría que Julián Esteban Monzón le regaló un auto deportivo a su amante, si Alma Cándida Rosales Balbuena juraba vengarse de la traición de Cristian Alejandro Olivares, si Blanca Rosa Silvestre veía con sus propios ojos las miraditas que se echaban Augusto César Imperiales y la enredadora de Agripina Nerón, si Rosa Virginia Iglesias optaba por casarse con el hermano de Armando Jesús Villahermosa, no ya por despecho, sino para lavar su honor... entonces Rosa era hasta capaz de negarle la palabra a Teodoro y no darle la más mínima explicación. Eso sí, averiguaba cuanto antes el porqué su marido olía a betabel si lo que él suministraba al mercado eran zanahorias y coliflores.

Pocas veces Teodoro preguntaba qué había ocurrido en "Capullo de Rosa" o en "Rosas marchitas" cuando llegaba un poco tarde a casa. Se podía saber lo ocurrido entre Rosa Magdalena Carbajal y José Andrés Ciprés con solo mirarle la cara a Rosa. Pero aunque en un mismo día hubieran venganzas, riñas, incomprensiones, enredos, traiciones, infidelidades, asesinatos, maldades, niños robados, paternidades falsas, fortunas y herencias en disputa o bodas por despecho, si la última novela terminaba con besos o perdones, Teodoro tal vez corría con suerte y lograba eyacular sin tropiezos y con la total colaboración de su cónyuge.

En una de esas veces en que Teodoro pudo roncar a pata suelta luego de un intenso intercambio energético con su Rosa, un espermatozoide entusiasta logró treparse sobre un óvulo desbocado y nueve meses más tarde, Cristian Alejandro resbaló, tobogán abajo, hacia la vida. El nuevo vástago de la familia era robusto como ninguno y chillón como los demás.

Pese a que Rosa había aguantado los dolores del parto para ver en qué terminaba la bronca entre Cristian Alejandro Olivares y Macario Barrabás y saber cuál de los dos se iba a quedar con el amor de Alma Cándida Rosales Balbuena, las contracciones le habían ganado la batalla y los gritos de Rosa habían logrado aventajar los de Cristian Alejandro Olivares y Macario Barrabás juntos.

Rosa recobró el conocimiento cuando escuchó la voz radiofónica del doctor: "es varón", secundada por la voz entrecortada y orgullosa de Teodoro: "el primer gringuito que tenemos, mi vida". La noticia llegó al *lobby* del hospital, donde la comadre Lupe intentaba controlar el alborozo de los seis hijos de Rosa, y se expandió luego a través de los diez teléfonos del piso que estaban disponibles para el público.

Una enfermera puso al recién nacido en los brazos de la madre. Rosa pensó que su hijo no era tan güero ni tan rollizo como el hijo de Rosa Magdalena Carbajal, pero sí era mil veces más hermoso. Ni aunque la María Oliva tuviera veinte hijos, podría jamás concebir uno más bello que el que Rosa acababa de dar a luz. Lo llamaron —como ya se enteraron— Cristian Alejandro, en honor al galán de las dos de la tarde (aproximadamente la hora en que nació el bebé), cuyo apasionado diálogo con Macario Barrabás se vio interrumpido por las inoportunas contracciones de Rosa.

Teodoro tomó el día libre y le importaba un comino que su patrón lo llamara a contar al día siguiente. Era más importante ver llegar a su nuevo hijo que asegurarse de que alguien comiera ese día zanahorias frescas.

—¡Ay, Rosa, Rosita, Rosa, cómo te amo! —gimoteó Teodoro sin dejar de picotear la frente de su mujer con besitos avícolas.

—¿Verdad que es lindo? —susurró Rosa.

—Se ve sano —dijo Teodoro, contentísimo.

—Este nos va a salir galán de telenovela —predijo Rosa, dosificando los chorros de felicidad que le emanaban por los poros y humedecían el local—. Mira qué ojazos tiene.

—Si sigue llorando con tantas ganas, segurito que lo contratan —comentó Teodoro, más feliz que un elefante hindú.

—¿Ya lo saben los niños? —preguntó Rosa.

—Ya.

—¿Viste la telenovela? —preguntó Rosa, como quien no quiere preguntar.

—Una parte.

—¿Sabes si Macario Barrabás se salió con la suya? —volvió a preguntar Rosa, esta vez más animada.

—No, pero no te preocupes por eso ahora. Mañana lo repiten. O si no, luego algún personaje recuerda la escena y la pasan otra vez. Ahora descansa. Aprovecha que Cristiancito está dormido y duerme tú —la acarició Teodoro con sus manotas ásperas y tiernas—. Te quiero, Rosita —se quedó unos segundos procesando emociones y eligiendo palabras—. Te quiero, Rosita —repitió.

Al principio, Cristian Alejandro robó un poco de cámara. Todos estaban pendientes de su llanto gutural, de los pañales *Bebesos* que había que cambiarle a todas horas, de prepararle mamilas con leche materna (ordeñada a veces con uno de esos succionadores modernos), de que Gota de Rocío no lo pellizcara por celos y de encontrar el parecido que tenía el escuincle con tal o mascual miembro de la familia; pero en poco tiempo la vida volvió a centrarse en torno al televisor, que si bien no había quedado olvidado del todo, sí un poco relegado por la presencia del nuevo inquilino.

Cristian Alejandro Olivares y Macario Barrabás tuvieron muchas más broncas de las que Rosa se pudo imaginar, así que se alegró de que hubiera sido ese pasaje, y no otro, el que se perdió con el parto de su nuevo hijo.

Pasaron tres meses, pero en la telenovela de las nueve un letrero al pie de la imagen indicó que ya habían pasado tres años. Eso quería decir, sin darle vueltas al asunto, que Rosa Aurora Miraflores estaba a punto de encontrar la felicidad junto a Luis Enrique Versalles. Una voz en *off* anunciaba a cada rato que la telenovela más emocionante, rimbombante, extravagante, galopante, vibrante, trepidante y candente del momento, "Pétalos de Rosa", estaba en sus últimas semanas, y para probar que se hablaba en serio, se mostraba un *collage* de imágenes donde aparecían símbolos nupciales, pistolas que disparaban a sabe Dios quién, malos que se asustaban, buenos que sonreían, abrazos inconclusos y besos a medio dar. Después de unos cuantos comerciales con cervezas espumosas, aparecían los avances de la telenovela sustituta, "Rosa selvática", lo cual ratificaba que —efectivamente— el momento de las reconciliaciones y de las bodas en "Pétalos de rosas" era casi un hecho.

De más está decirles que Rosa iba a estar sembrada frente al televisor así la Tierra dejara de girar. Hasta Cristian Alejandro parecía entender que era inútil cualquier tipo de reclamo a llanto pelado a esa hora de la noche. Su madre era inconmovible y estaba sorda como una estufa. Las únicas voces que sus oídos filtraban con nitidez eran las que decían: "Al fin mía, Rosa Aurora" o "Al fin mío, Luis Enrique". Teodoro se sumaba al grupo de vehementes orates que observaban anonadados las más impías acciones de la Baronesa de Champiñón para impedir los ardientes amores de los protagonistas.

El sofá de *vinyl* rosado con forro de nailon tornasolado sostenía heroicamente los cuerpos expectantes de Rosa, Teodoro, Teodorito, Rosalinda, Francisco Javier, Alfonso Enrique, Alma Rosa, Gota de Rocío y Cristian Alejandro. Este último masticaba el pezón de su madre para obtener más leche, pero en vista de que la fatigosa tarea le reportaba pocos beneficios, optó por dormir.

Las cosas en "Pétalos de rosas" iban mejorando, no así en la vida de Rosa. Teodorito sufría inadaptación al sistema escolar americano y ni siquiera los cereales inteligentes resolvían aprobarlo en matemáticas. Rosalinda agredió en más de una ocasión a una güerita de su clase porque esta le decía "mooooujadita" con un tono chicloso y despectivo. Los gemelos exasperaron tanto a la maestra con sus fosforescentes pistolones de agua y sus gritos tarzánicos que, después de rotundas advertencias a los padres, esta puso a la directora a decidir por cuál de los dos bandos se iba: si por los diabólicos chiquillos o por su maestra bilingüe que tenía diez años en el honroso ejercicio del magisterio. Rosa sacrificó su novela de las tres de la tarde para entrevistarse personalmente con la directora indecisa y la maestra exasperada. Les contó, ensopada en lágrimas, su fervoroso deseo de que sus hijos fueran hombres de bien y marcharan por el camino correcto, que se formaran como ciudadanos legítimos y dignos, herederos de sus tradiciones hispanas, portadores de una moral religiosa, soldados del mañana, canteras del futuro, buenos esposos, padres intachables, abuelos tiernos y por ahí, llegó hasta los tatarabuelos. La directora y la maestra se sintieron culpables de no contar con la paciencia necesaria ante las nimias travesuras de los infantes inadaptados, y tuvieron que disimular sus lágrimas de arrepentimiento por haber causado tanto dolor a aquella sacrificada madre de siete hijos, quien —con un bebé en brazos y otros agrupados a su alrededor— continuaba pidiendo una oportunidad para sus hijos gemelos. Rosa hablaba con una oratoria articulada y resuelta. Las palabras, prefabricadas en bloques iguales, iban edificando una gran pirámide de oraciones frente a las caras aturdidas de la directora y la maestra. Finalmente, la directora recobró el mando e impidió que el llanto de Rosa inundara el reducido espacio de la oficina, salvándolas así de morir ahogadas o arrastradas por la corriente. Rosa miró al cielo para agradecer primero a Dios, que tanto la socorría en momentos difíciles, y luego agradeció al guionista de "Rosas blancas", la novela de la una, por tan buen libreto. ¿Cómo, si no, hubiera podido hilvanar sus ideas y expresar de forma clara, concisa y decidida, su compromiso de formar hijos por el camino correcto? Eso del camino correcto lo usó Rosa también en sus tertulias con las madres solteras. Tenía un efecto hipnótico.

El romance entre Rosa y su televisor comenzó a levantar ciertas sospechas en su esposo. Él, como ella, sostenía en ocasiones un ritual amoroso con la pantalla; pero de ahí a compartir la mayor parte del día —a través de una mirada penetrante y conspiradora— con un sujeto cuadrado, era otra cosa bien distinta. Lo peor era cuando a Teodoro se le ocurría, insensatamente, reclamarle un poco de atención a su mujer. Rosa estallaba con un discurso dramático y sobreactuado.

—¿Atención? ¿Atención dices? ¡Pero tendrás tanto descaro! Crío a tus siete hijos, los alimento, te tengo la cena lista cuando llegas, hago todas las compras de la casa, lavo, plancho, limpio, friego, hago mis oraciones y cumplo contigo en la cama... ¿quieres más? Y lo tuyo es cargar zanahorias y coliflores no más. ¿Y el resto, eh? Ah, eso me lo sueltas a mí. Y todavía tienes la desvergüenza de reclamar atención durante el poco tiempo que tengo de ver mis telenovelas. Por hombres machistas como tú es que hay tantas mujeres infelices. Sí, infelices. No me mires con esa cara de patito feo. Sabes que llevo razón. A ti mismo se te cae la baba cuando ves a la Rosa Magdalena Carbajal, ¿crees que no me he dado cuenta? Pues ya ves que no es así —Rosa tenía la impresión de haber escuchado antes aquella última frase que había soltado así, de súbito... ¿Pero, en dónde? ¿En una telenovela? Francamente no se acordaba.

—Bueno, ¿y qué tiene que ver Rosa Magdalena en esta discusión? —interrumpió Teodoro con el rostro inyectado de adrenalina.

—¡Todo! Ella es la culpable de que tú estés así. Te tiene la cabeza en el limbo. Hasta me llamaste Rosa Magdalena ayer en la cama. Pero yo, que soy una mujer bien hecha y derecha, preferí seguirle como si nada para no pasmar la cosa. Pero bien clarito que lo escuché, Teodoro. Y fíjate, me llamo Rosa. A secas. Rrrrrosssssa. Y no tengo nada que envidiarle a ella, ¿sabes? Nadita de nada. Así como lo oyes —Rosa no supo qué rumbo tomar para seguir su discurso. Pensó en varios bocadillos de telenovelas que habían logrado pararle los pelos de punta, pero ninguno encajaba en aquella conversación. Con todo y eso, se arriesgó a decir lo mismo que le había dicho Blanca Rosa Silvestre a Augusto César Imperiales en "Rosas blancas" en aquel capítulo donde él la abandonaba en el desierto del Sahara—. ¡Claro! Lo que quieres es abandonarme en medio de un desierto sin agua. Quieres dejarme morir... —como en esta parte, la protagonista empezaba a llorar, Rosa quiso entonar con el dramatismo de aquel bocadillo y empezó a soltar lágrimas a diestra y siniestra—. Pero prefiero morir así, que de angustia por tus desprecios. Ya no aguanto más tus reclamos, tus desvaríos, tus rechazos, tu ¡TRAICIÓN IMPÍA! —Rosa gritó, desgarró la voz y crispó los dedos muy cerca de la cara de Teodoro—. Me has herido en lo más profundo de mis sentimientos. Me has lastimado en lo más hondo de mi vida. Me has quebrado el alma con un cuchillo afilado y las gotas de sangre han caído sobre un colchón de rosas blancas. Ay, ay, ay, Augusto César...

—¿Augusto César? ¿Y ese quién es? —interrumpió Teodoro, que hasta ese momento miraba a Rosa con estupefacción.

Rosa tragó en seco. Se había entusiasmado tanto con la escena que olvidó que los personajes eran otros, eran ella y Teodoro. Los gritos hambrientos de la *mezzosoprano* Gota de Rocío y del barítono Cristian Alejandro salvaron a Rosa de la cólera de su esposo. Rosa preparó una mamila de leche caliente y se la dio a Gota de Rocío. Se sentó luego con Cristian Alejandro y le embutió el pezón resueltamente. El bebé succionó su alimento con avidez y a Teodoro no le quedó más remedio que darse un baño para enfriar su frustración.

Cristian Alejandro vomitó toda la leche sobre la bata de casa floreada que tenía Rosa, y Gota de Rocío vació su mamila de leche dentro del jarrón grande de la sala. Su madre no la vio, pero Rosalinda le fue enseguida con el chisme. Rosa puso al bebé sobre la cama, quien se desgañitaba entre el vómito y la incomodidad de un pañal *Bebeso* embadurnado con sus deshechos, y se precipitó contra Gota de Rocío. Jaló a la niña por un brazo y la puso con la nariz casi incrustada en el televisor: —Ahora te me vas a quedar ahí, sin moverte, hasta que a mí se me olvide lo que hiciste, chiquilla malcriada.

Entre la gritería de los cuates, la voz de flauta de Rosalinda, el llanto de Gota de Rocío, las maromas de Alma Rosa sobre el sofá de *vinyl* rosado con forro de nailon tornasolado, el galillo de Cristian Alejandro desde el cuarto y la mala cara que traía Teodoro, Rosa optó por refugiarse en Teodorito. Pero este, sospechosamente silencioso en una esquina del cuarto, empujó a su madre y le gritó: —*Get out, bitch!*

Rosa no entendió ni papa frita, pero sintió que su hijo la estaba echando de su lado. Era exactamente lo mismo que había ocurrido entre Rosa Margarita Abril Primaveral y su hijo, en "Rosas y espinas", cuando aquélla intentó en vano recuperar el cariño de su único hijo, fruto del amor con el hombre que odiabamaba. Pero,

¿cuál fue la solución que halló Rosa Margarita en aquel momento difícil de su vida? ¿Cuál fue? ¿Cuál fue?

—Hijo mío, hijo mío —dijo Rosa, recordando al fin las palabras de Rosa Margarita Abril Primaveral—. ¡No sabes cuánto me duelen tus devaneos! Te he visto crecer con dolor y he querido labrar un futuro decoroso para ti... guiarte por el camino correcto...

Teodorito la dejó hablando sola. Él también había visto esa parte de la telenovela. Fue, si mal no recordaba, el mismo día en que su madre lo dejó castigado por haberse escapado de la escuela. Para un niño de nueve años, aquellas frases melosas y altisonantes le resultaban igual que unas campanitas de Navidad en un velorio.

Gota de Rocío aprovechó un descuido de su madre para violar el castigo y buscar al causante de su mala suerte. Vio a su hermanito rendido sobre la cama, con aquella carita de mosquito muerto, y le puso una almohada sobre la cara. Era justamente lo que acababa de ver en la televisión. Teodoro salió del baño en ese momento y vio salir del cuarto a Gota de Rocío. El bebé estaba amoratado cuando Teodoro le quitó la almohada de la cara. Rosa acudió al escuchar el grito de su marido y ambos corrieron al hospital más cercano. Ni Teodoro ni Rosa hablaban inglés, pero Teodorito ya había aprendido a decir algo y lo llevaron como traductor.

—¡*My little brother!* ¡*Sick!* ¡*Sick!* —decía Teodorito a la enfermera.

—Un *moumentou, per favour* —dijo la enfermera sin alzar la vista.

Rosa lloraba y verificaba que el corazón de su bebé estuviera latiendo, y Teodoro, después de comerse todas las uñas, mordisqueaba las yemas de sus dedos con ansiedad. Teodorito era el más tranquilo de los tres.

Pasado el susto, Rosa pudo hacerle el cuento a la comadre Lupe:

—Si vieras que el niño se me puso morado y que no respiraba. Ay, mi angelito, el susto que pasé.

—¿Y cómo fue? —preguntó la comadre.

—Parece que metió su cabecita debajo de la almohada —dijo Rosa, a quien Teodoro no quiso contar la verdad por miedo a que tomara represalias contra Gota de Rocío—. Teodorito le salvó la vida, ¿sabías? Él fue quien habló en inglés con la enfermera. Si vieras lo rebién que lo habla ya. Tan rápido, ¿no? Es un niño muy listo. Yo siempre le doy cereal del bueno… de ese que anuncian tanto por la tele.

Después de todo, Rosa era feliz. Tenía todo lo que podía pedir una mujer. Primero, tenía a Teodoro, un esposo trabajador, que era el sostén de toda la familia. ¿Que tomaba su poquito? Bueno, pero es hombre, ¿no? Tiene que despejarse de vez en cuando. Sin abusar, claro, para no darle un mal ejemplo a los niños. Rosa tenía además siete hijos, sanos como nopales y alegres como trompos. ¿Que Teodorito reprobó matemáticas? Es que todavía no se ha adaptado, pero él es un niño listo y le irá adelante a los demás. Ya verán. ¿Rosalinda? Ella es un primor de niña. Con ocho años y tan modocita y tan buena. Solo que no le gusta que

Kathy la llame "mojadita" porque ella sí que no se deja de nadie, y mucho menos de las güeras con caras de jabón antibacterial. Francisco Javier y Alfonso Enrique son solo intranquilos, pero no malos como dice la maestra. ¡¿Cómo unos niños de siete años van a ser malos, por Dios?! Bastante hacen con ir todos los días a la escuela. ¿Alma Rosa? ¡Un encanto! Desde que cumplió los seis años no hace más que mirarse al espejo e imitar a las cantantes. Dice que ella es famosa. Tan chula. Y Gota de Rocío va por el mismo camino. Presumidas como su tía María Iluminada, y patisueltas como su madre. El único problemita que tiene Rosa con Gota de Rocío es que la nena está algo celosilla de Cristian Alejandro y es porque ella era antes la más consentida de todos y el bebé le ha robado un poco de atención. Ese es otro que da gusto verlo. Grandote y larguísimo. ¡Qué niño tan saludable! Un poquitín llorón. Pero eso es normal. Los bebés son poco más o menos llorones. Es la manera que tienen de hacerse notar. Ni modo.

Rosa no faltaba ni un domingo a la iglesia. Su fe estaba a toda prueba. Y el Diablo perdería su tiempo miserablemente si creía que Rosa era pan comido. A Rosa nadie la removería de sus creencias religiosas. ¿Pecadillos? Sí, claro, algunos. Como todo el mundo. Pero para cada pecado, Rosa ya había rezado suficientes avemarías.

En la televisión aparecían consejeros espirituales, astrólogos, parasicólogos y psíquicos que clamaban tener la solución a todos los males y le proponían a Rosa otras formas de aliviar su pena. Rosa no quiso creer en aquellas tonterías pero ellos insistían e insistían en tener la solución y además mentaban a Dios cada tres palabras, así que Rosa comenzó a prestarles un poco más de atención. Algunos daban por hecho que ella estaba harta de su marido, enloquecida con sus hijos y desesperada por no tener los papeles. Esto último persuadió a Rosa de que ellos sí tenían poderes sobrenaturales... ¿cómo sabían que ella era ilegal si ni siquiera la conocían, eh? Los había de todo tipo; para escoger. Algunos vestían con cascos emplumados y tenían la cara pintorreada con listones rojos; otros llevaban un atuendo gitano y tras ellos flotaban cartas del tarot envueltas en humo; otros, además de un par de brazos, tenían un par de alas de ángel y un arito metálico que se balanceaba sobre sus cabezas; otros lanzaban destellos relampagueantes con sus capas doradas, y los menos originales, vestían con lentes gruesos y una corbata fosforescente. También había muchas alianzas psíquicas que quitaban maleficios y te hacían ganar la lotería. Rosa consideró todas las ofertas con detenimiento, no fuera a ser que el remedio fuera peor que la enfermedad. "El indio boricua que te cura la cara" era muy caro. Y además, Rosa juraba haberlo visto vestido de "Chupacabras estratosférico" en otro canal. Tampoco estaba muy convencida de llamar al "Gitano que te lee la mano de antemano" porque Rosa no confiaba mucho en la autenticidad de su origen. ¿Quién ha visto a un gitano güero con ojos azules y acento anglosajón? Por sí o por no, Rosa prefirió considerar otras opciones. "Seferino, el que adivina tu destino" inspiraba algo de confianza por su bata de médico y su pelo nazareno. También "José, el que todo lo ve" parecía gente seria, sobre todo por los lentes telescópicos que abarcaban casi toda su cara. Pero quizás "Benemérito, el espiritista buena gente que lo ayudará a aclarar su mente", cuya línea psíquica había cobrado tanta fama, podía mejorar la vida familiar de Rosa. Y además, daba dos minutos de consulta gratuita.

11.08 a. m. Riiing. Riiing.

—Bienvenido a su lectura gratuita en la línea psíquica que usted necesita. ¿Cuál es su nombre, por favor? —dijo una voz ferozmente femenina.

—Rosa. Me llamo Rosa.

11.09 a. m.

—(Suspiro). Rosa. (Suspiro). Bien, Rosa (suspiro profundo), te estoy tirando las cartas (ruidos y suspiros). ¿Quieres preguntar algo antes de tu lectura?

—Mire, lo que yo quiero es que usted me diga qué número tengo que jugar. No le dé vueltas al asunto, que mi marido no es rico y estas llamadas cuestan un ojo de la cara.

11.11 a. m.

—¿Fecha de nacimiento, Rosa?

—25 de enero de... Ay, señora, no se haga de rogar y dígame los dichosos números. ¿No que usted era psíquica pues?

Estoy tirándole las cartas. Debo concentrarme.

(Silencio exasperante.)

—Acabe ya de una buena vez. Ya se acabaron mis dos minutos gratis y todavía no me ha dicho los números que debo jugar.

11. 12 a. m.

—Primero le voy a hablar de la economía y luego del amor. Aquí veo que es usted muy inteligente y... que se ve muy, pero muy joven.

Ya Rosa iba a meterle otro apurón a la psíquica pero le gustó tanto lo que le salió en las cartas, que se retractó. La voz femenina parecía realmente impresionada con las cosas maravillosas que se veían en el futuro de Rosa.

—Muy muy inteligente, Rosa. También veo que usted trabaja mucho...

—Que si sí...

—Y que a veces no puede con tanto trabajo...

—Eso sí es verdad...

—Pero usted lucha y lucha por un futuro mejor...

—Eso...

—Su marido (pausa)...

—¿Qué?

—Su marido no la ayuda mucho, a veces...

—Sí, cuando llega temprano, pero eso es nunca...

—Pero usted lo aguanta todo con tal de que el hogar salga adelante.

—Lleva usted razón.

—Veo que es usted casada.

—Sí, sí. Lo soy. Por las cinco leyes —Rosa se admiró de que la psíquica supiera tanto sobre su vida. Era increíble que adivinara que ella estaba casada.

—¿Dónde vive usted, Rosa?

—California.

—¿Hace cuánto tiempo vive en los Estados Unidos?

—Como unos tres años.

—Veo un problema con papeles, Rosa. Son unos papeles que usted quiere tener.

Rosa se convenció de que aquella mujer lo sabía todo. Todo. Era increíble. Lo de los papeles la convenció por completo, porque justamente eso era en lo que ella estaba pensando. Era demasiada casualidad.

—Veo también que la economía no es tan buena, pero va a mejorar porque es usted una mujer decidida que mide bien las cosas antes de tomar una decisión, y cuando se decide, decide hacer lo que decidió hacer.

—Pues mire que sí, que también lleva usted la razón en eso.

—Son las cartas las que hablan y las cartas nunca mienten. Aquí veo que usted está confundida, y abrumada de problemas. Que se pasa usted de buena...

—Eso decía mi madre, que Diosito la tenga en su Santa Gloria.

—Pero cuando las cosas se ponen duras y el dinero no rinde, usted es capaz de todo por sacar la familia adelante. Hasta de...

A Rosa le cruzó una idea absurda por la cabeza a medida que escuchaba a la psíquica. Se imaginaba que estaba bailando en un club de *strip tease*, pero que alguien, y no ella, le iba quitando la ropa poco a poco. ¿Augusto César Imperiales?

—¿Está usted ahí, Rosa?

—Sí, sí, disculpe. Me distraje. ¿Qué me decía?

—Que es usted una mujer capaz de hacer cualquier cosa con tal de salir adelante y de ayudar a los suyos...

Otra vez cruzó la idea absurda en la mente de Rosa, pero la echó a un lado con un movimiento brusco de cabeza.

—Señora, ¿me va a decir el número de la lotería que tengo que jugar o no?

—Sí, claro, tenga paciencia. Primero le tengo que decir algo raro que veo en las cartas.

—¿Qué? ¿Qué?

—Uf...

—¿Qué cosa, por Dios santo?

—¡Qué barbaridad!

—¡Dígame de una santa vez!

—Rosa (tono solemne)... su esposo... (tos insinuante) su esposo...

—Sí, ya sé, me traiciona con otra. ¿No es eso? Ya me lo suponía yo.

—Mire, no lo tome a mal. Así son los hombres, pero él se va a dar cuenta de su error y volverá mansito a sus brazos. Y le pedirá perdón. Veo que en el futuro van a ser ustedes muy felices.

Rosa enmudeció. Jamás creyó que Teodoro le jugara chueco. ¿Qué haría ella sola y con siete hijos por las calles de Los Ángeles? Rosa se imaginó debajo de un puente, con los siete niños aferrados a su falda y pidiéndole comida. Vio a Teodoro pasar con la otra en una limosina, porque seguro ella era rica y por eso él se fue con ella. Vio todo clarito y empezó a atar cabos. Las camisas de Teodoro ya no olían a zanahoria, sino a betabel; hacía una semana que Teodoro no llegaba a la hora de "Capullo de Rosa" (con lo que le gustaba a él ver a la Rosa Magdalena Carbajal), sino a mitad de "Rosas marchitas"; y además, Teodoro no estaba tomando tanto con el compadre... todas las evidencias lo acusaban. Teodoro estaba saliendo con otra mujer. Teodoro era un hombre vil y sin compasión. La había traicionado cruelmente. Pero Rosa no le iba a dar el gusto a la otra. ¡Qué va! Rosa iba a luchar por el amor de su marido y se enfrentaría a todo y a todos como lo hizo Rosa Virginia Altares Iglesias cuando intentaron arrebatarle el amor de Armando Jesús Villahermosa.

—¿Rosa? ¿Rosa? (pausa) ¿Rosa?

Gota de Rocío y Alma Rosa gritaban a todo dar y dejaban calvas a sus muñecas. Ambas se peleaban por arrancar tirones de pelos rubios a sus *Barbies*. Rosa olvidó el teléfono y corrió a detener la pelea, logrando salvar a una de las *Barbies*. Cristian Alejandro entró en escena con bríos. Su llanto chocaba contra las paredes y rebotaba en los oídos de Rosa. La música de "Otoño sin rosas" envolvió las lágrimas de Rosa, el llanto de las niñas, los gimoteos de Cristian Alejandro... Pero Rosa sentía que no iba a poder ver la telenovela del mediodía. Solo tenía mente para pensar en la traición de su marido. ¡Qué dolor tan grande sentía Rosa en lo más hondo de su corazón! Estaba destruida, herida, hecha pedazos, desconchinflada, desgarrada, desmantelada, con el alma destrozada...

Cuando Teodoro entró por la puerta encontró una masa compacta de brazos y piernas sobre el sofá de *vinyl* rosado con forro de nailon tornasolado. Era Rosa. Era Rosa que, encaracolada y mustia, no había parado de llorar desde que lo supo todo.

Al ver a su marido, Rosa se secó las lágrimas y se empeñó en disimular la angustia que la consumía, y ahora lean bien que esta es la mejor parte. Teodoro la tomó en sus brazos, enternecido y febril. Rosa le lanzó una mirada desdeñosa, pero acto seguido, decidió poner en práctica todas sus artimañas seductoras. Teodoro era de ella, solo de ella. Ninguna mujerzuela se lo quitaría por muy rica que fuera.

—Teodoro, te adoro —balbuceó Rosa.

Teodoro abrió los ojos, semiatontado por aquel arrebato amoroso de su mujer.

—Hazme tuya. Hazme tuya —dijo Rosa, tirándosele al cuello.

—Rosa, ¿te sientes bien? —preguntó Teodoro alarmado.

—Hazme tuya, amor mío —repetía Rosa, fuera de sí.

Teodoro reunió todas sus fuerzas y cargó con su mujer hasta el cuarto. Ella lo embadurnaba de besos y le hundía la lengua en las orejas... en la nariz, en las cejas, en las pestañas, en el pelo, en el bigote, en los dientes...

—Teodoro mío. Mi Teodoro adorado —repetía Rosa en el trayecto al cuarto.

—Ay, Rosa, Rosita, Rosa —se excitaba Teodoro.

Lo demás, no se los digo. Ya lo saben. Solo les cuento que a causa de tan fogoso encontronazo, Rosa y Teodoro tuvieron que comprar un colchón nuevo porque al que tenían se le rompieron nueve muelles, que una pata de la cama se vino abajo y tuvieron que sustituirla con unos libros de Teodorito, que los vecinos casi le ponen una demanda por alboroto sexual en el edificio, y que ese día los niños prefirieron pegar la oreja en la puerta del cuarto que ver "Pétalos de rosas".

Teodoro achacó aquel desafuero de Rosa a algún acontecimiento telenovelero. Jamás se enteró de que él, Teodoro en persona, era un vil traidor que engañaba a la madre de sus hijos con una mujerzuela rica.

(Corte comercial)

Con los pañales *Bebesos,* su bebé la llenará de besos

IMAGEN: Un bebito regordete, con ojitos azulitos, con bucles rubitos de angelito y con cara de compota de manzana salta de nube en nube. Y según va posando sus piececillos de algodón sobre los candorosos almohadones de aire, estos se van convirtiendo, gracias a la sabiduría de las computadoras, en paquetes de pañales *Bebesos*.

SONIDO: Canción infantil interpretada por la corpulenta cantautora Nenita Fuertes: *El bebito de mamá ya no se hace pipí. El bebito de mamá ya no se hace cacá. El bebito de mamá usa pañales* Bebesos. <Estribillo:> *Si me das un beso, te doy un* Bebeso. *Eso, eso, eso.*

VOZ DEL LOCUTOR: *Los pañales BEBESOS, lo mejor para el traserito de su bebito. Los pañales BEBESOS son los más suavecitos, blanditos, esponjocitos, acolchonaditos, comoditos, riquitos, cariñositos, amorositos, limpitos, sanitos* *y pulcritos. Los pañales BEBESOS son, además, los más re-sistentes, absorbentes, emergentes, eficientes y con patente. Los pañales BEBESOS son, también, los más caros del mer-cado. Pero, ¿no quiere usted acaso lo mejor para su bebé? ¿Va a estar contando el dinero cuando se trata de su bebé, de su propio bebé, de su bebé único, de su bebé adorado, del bebé de sus propias entrañas? ¿No diera usted todo el dinero del mundo con tal de que su bebé fuera feliz? ¿No quiere usted acaso que su bebé estudie una carrera y sea un hombre de bien? Pues gaste los pesos en BEBESOS, que su bebé se lo pagará con besos. ¿A quién no le gusta eso?*

IMAGEN: Dibujo animado y computarizado donde se muestren, paso por paso, la composición, textura, grosor, ligereza, blandura y resistencia de los pañales *Bebesos*.

SONIDO: (Gorgojeos y risitas infantiles)

VOZ DEL LOCUTOR: *Los pañales BEBESOS tienen una capa térmica que se ajusta a la temperatura corporal de su bebito, y una capa protectora concentrada y compacta capaz de sostener hasta 10 libras de los amorosos deshechos de su querube, y otra capa impermeable que no deja filtrar ni una sola gotita de orina y ni una sola caquita de su angelito, y otra capa con un tejido superabsorbente y volátil que man-tiene bien sequita la piel de su pequeñín, y otra capa biode-gradable que diluye, desintegra y disipa las efectos contami-nantes de las tiernas evacuaciones de su infante, y otra capa elástica, dúctil y versátil que se amolda a las curvitas de su*

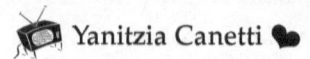

nene, y otra capa con un tejido electrónico y programado que hará un análisis diario de las hececitas fecales de su crío, y para rematar, los pañales BEBESOS vienen equipados con unas almohaditas que amortizarán las caídas de su inocente criatura.

No hay nada mejor que los pañales BEBESOS para bajar de peso —ah no, perdón, eso es de otro comercial.

IMAGEN: Bebitos de todos los colores, proporciones, facciones y religiones llevan puestos pañales *Bebesos*. Deberán estar sonrientes. En caso de que los modelos seleccionados para el *casting* no cooperen y se nieguen a sonreír para las cámaras, se arreglará con el efecto sonriente A-4 de la computadora. Luego se verá a una mamá güera, delgada, linda y primorosa que abraza a un bebito güerito, rollizo y cachetón. Ella le está cambiando el pañal. En cuanto le quita el pañal, el bebito sale disparado hasta las nubes, muerto de la risa.

SONIDO: Voz de niño que canta: "Yo soy rebelde porque el mundo me ha hecho así...".

VOZ DEL LOCUTOR: *Cuando usted le quite el pañal BEBESO a su bebé, notará cómo salta con una ligereza ninja, y puede que algunos, lo más ligeritos y felices, se eleven hasta las nubes.*

Rosa
entre dos realidades

Al parecer, Teodoro desistió de andar con la mujer rica y Rosa ganó la posesión de su marido una vez más. ¿Que cómo lo supo? Facilísimo. Las camisas de Teodoro no solo recobraron el aroma a zanahorias y coliflores, sino que a veces venían con un pedazo de zanahoria o una hoja de coliflor en el bolsillo. ¿Qué más prueba necesitaba Rosa de que el desliz de su marido había tocado a su fin? Bueno, si eso no los convence, les digo más: Teodoro llegaba apenas comenzaba "Capullo de Rosa", como antes.

En el apartamento había un ambiente festivo. La música a todo volumen, los gritos de los muchachos a todo volumen, las risas de los compadres a todo volumen, y el cotorreo de las comadres rompía las bandas de sonido. La ocasión lo merecía. Cristian Alejandro estaba a punto de apagar su primera velita.

Los olores salían de las cazuelas, las ollas y los sartenes, y bailaban al ritmo de quebraditas en las narices de los presentes, causando severos estragos estomacales en más de una panza desprevenida. Los vapores hirvientes de la salsa picante brincoteaban por toda la cocina y salpicaban —sin distinción— los delantales de las cocineras o las ropas recién estrenadas de las curiosas. Chiles guajillos, serranos, ajos, cebollas y jitomates se infiltraban en las carnitas y las inyectaban de sabor. Las tortillas recién hechecitas y los trocitos de carne ahogados en salsa casera eran puestos en medio de la mesa del comedor para que los comensales fueran haciendo boca. El pastel estaba a salvo encima del refrigerador, fuera del alcance de los niños y ajeno a una guerra de chantillí. Rosa y la comadre Lupe aceptaron de buena gana que sus maridos se empinaran uno que otro buche de tequila e incluso cooperaron para comprar dos botellas de las buenas... porque un día era un día, ¿no?

Rosa dejó la cocina en manos de la comadre Lupe y de Ana Gracia y María Estela, dos de las madres solteras de la iglesia, a quienes Rosa les daba charlas sobre cómo mantenerse distantes del pecado. Después de una hora en el baño y de otra hora en el cuarto, Rosa reapareció con un vestido que dejó a todos patitiesos y patidifusos, incluido Teodoro, a quien casi se le saltan los ojos al piso. Era un vestido color verde neón, de los que se están usando ahora, pero con algunos detalles elegantísimos: lentejuelas naranjas dispersas de la cintura para arriba, par de rosas rojas en relieve a la altura de las caderas, unos vuelos de encaje azul marino que la propia Rosa, con su toque de artista, añadió al exuberante modelito, un escote flamígero con cadenitas, cristalitos, brillitos y perlitas sujetas a los hombros, y para rematar, un sombrerillo *Made in Taiwan* ataviado con una pluma que alguna vez fue verde, pero que Rosa, original y creativa, coloreó con pintura de uñas rosada.

Teodoro, acostumbrado a ver a su mujer desaliñada y marchita como hongo que lleva tres meses en la nevera, quedó acalambrado con la diva que acababa de salir del cuarto. Su Rosa era otra: su boca de sandía estaba empastada con *Revlon* bermellón; sus ojos rasgados estaban acentuados con delineador y alargados hasta casi clavarse en las orejas; no le cabía ni una pestaña postiza más en aquellos párpados sombreados de verde y magenta; las mejillas eran brillosas chapas coralinas que refulgían bajo el bombillo de la sala; la barbilla era una insinuación rosada y un coqueto lunarcillo sobre el cachete izquierdo daba la impresión de haber estado allí desde hacía 36 años. Sí, Rosa era otra. Era... ¡una artista de telenovela!

Teodoro pensó que su mujer no tenía nada que envidiarle a Perla Rosa del Mar, y los niños creyeron que su mamá era muy divertida por haberse disfrazado para la fiesta. Rosa bajó el pastel que estaba sobre el refrigerador, le puso una velita azul, agrupó a los niños en torno al pastel por orden de tamaño, le metió un grito al compadre Basilio para que dejara de comer tacos de carnitas y estuviera listo para la foto, se acurrucó bajo el brazo de su marido y animó a todos a decir "*¡güisqui!*". La foto no quedó del todo bien porque se les había olvidado el homenajeado. Cristian Alejandro, en un descuido de sus padres, sus hermanos y los amigos de la casa, había comenzado una libertina trayectoria por las afueras de su hogar. Aunque aún andaba con dificultad, nada logró impedir que el niño se desbocara hacia la calle y su pie izquierdo quedara prensado por "un auto del ochenta y dos sin placa color gris plateado conducido por un hombre de apariencia latina que se dio a la fuga y que ahora anda prófugo de la justicia se ruega que si alguien tiene mayor información lo notifique a la estación de policía más cercana o se comunique con el teléfono que aparece en pantalla lo mantendremos informado sobre el caso en la próxima emisión de este su programa preferido "Con la mano en la masa".

Qué suerte que en el hospital había televisor. Rosa observaba la dramatización televisiva del accidente en el noticiero de las cinco y le pareció que el bebé que escogieron era demasiado feo para representar a su Cristian Alejandro. Tampoco le agradó que la mujer que se hacía pasar por Rosa en la noticia, llevara rolos en la cabeza y una bata de casa tan simplona, y que para colmo hablara de forma incoherente y desfachatada, como si la acabaran de sacar del medio del monte. Pero a Rosa le pareció que aquel no era el momento para escribir al programa y reclamarles por la pésima puesta en escena de los hechos. Cristian Alejandro se debatía, como mismo le ocurrió al bebé de Perla Rosa del Mar en "Rosas marchitas", entre la vida y la muerte. El de la telenovela se había salvado pero, del impacto, se había quedado temporalmente sordomudo y ciego durante casi cuarenta capítulos. A Rosa se le acalambró el tobillo de solo pensarlo. Todas las escenas de bebés atropellados en telenovelas se le agolparon en la mente. Tuvo que hacer un gran esfuerzo para evitar un desmayo en la antesala del salón de operaciones donde Cristian Alejandro era intervenido por un equipo de encapuchados verdes. Teodoro se rascaba los codos con impaciencia. La comadre Lupe intentaba sin éxito controlar la desesperación de Rosa. El compadre Basilio permaneció más tranquilo que estáte quieto sobre una de las gélidas sillas de la antesala. Sabía que ya el alcohol se le había subido a la cabeza y tuvo miedo de que los cirujanos se desquitaran con él la posible frustración de no haber podido hacer nada por el pequeño atropellado. Los hermanos de Cristian Alejandro se habían quedado en el apartamento bajo el cuidado de unos vecinos, e ignoraban la suerte que había corrido el cumpleañero andante.

Ya el vestido lumínico y lentejuélico de Rosa estaba hecho un asco. La sangre del bebé se le trepó sobre una de las rosas en relieve y no se le quitaría ni con *"Tide with Bleach*, el detergente que quita las manchas más difíciles"*. Total, qué más da. En ese momento, a Rosa lo único que le importaba era que su bebé saliera con vida del salón y pudiera apagar su velita de cumpleaños, que a estas horas ya estaría derretida sobre el pastel.

—Ay, Teodoro, se tardan demasiado... —lloraba

Rosa desconsoladamente, sobre la camisa a cuadros de su marido.

—Cálmate, Rosita. Todo saldrá bien —dijo Teodoro con el mismo tono que había usado Luis Enrique Versalles la semana anterior, cuando su hija legítima había sido vilmente robada por unos malhechores crueles que respondían a las también crueles órdenes de la baronesa de Champiñón y su cómplice, el malvado Fedensio Tortuella.

—¿Cómo quieres que me calme? Es la vida de nuestro hijo la que está en juego. ¿No te das cuenta? —le increpaba Rosa con un persistente aliento a taco de carnitas.

—¡También es mi hijo! ¿Acaso lo olvidas, Rosa? —le recordó Teodoro, sensiblemente herido en lo más profundo de sus sentimientos... bueno, en lo más hondo de su corazón... bueno allá adentro, en su miocardio—. Siento la tragedia tanto como tú y me aterra pensar que vamos a perderlo como a... como a...

A Teodoro se le atragantaron las últimas palabras. El fantasma de Fernandito Lorenzo seguía dándole vueltas en la cabeza, como un ángel descontrolado y fuera de órbita. Ante la alusión inapropiada de Teodoro, Rosa rompió a llorar con más fuerza y sintió que su cuerpo se encogía de angustia. De su hijo hermoso solo quedaba una cruz mal hecha en algún recóndito lugar cerca de la frontera.

—¡No, por favor, mi bebé no, mi bebé no! ¡Ay, Diosito Santo, no te lo lleves! ¡Llévame a mí primero pero deja vivir a mi hijo que es tan chico e indefenso!

¡Déjalo apagar su primera velita de cumpleaños! —gritaba Rosa por toda la antesala mientras era conducida por dos solidarias enfermeras, hasta un cuarto aparte.

Los calmantes sosegaron a Rosa por un rato. En el reducido espacio de la antesala, todos —también las dos enfermeras de turno— caminaban veloces y cabizbajos de una pared a la otra, recorriendo en breve tiempo los cuatro lados del rectángulo. Cristian Alejandro continuaba bajo cables, monitores, pinzas y bisturíes. Por fin, uno de los encapuchados salió, se traqueó los dedos en cámara lenta, se secó las gotas de sudor, mostró qué había detrás de su tapabocas y debajo del gorro verde y, frente a los rostros despavoridos de los dolientes, dijo, solemne y trémulo:

—Pueden estar ustedes tranquilos. Le hemos salvado la vida...

Gritos de alegría. Abrazos. Aplausos descomunales de la comadre Lupe. Eructos e hipos felices del compadre Basilio. Saltos enloquecidos de Teodoro. Carcajadas frenéticas y desfachatadas de Rosa. Llanto emocionado de las enfermeras. Qué lástima que los reporteros de "Con la mano en la masa" no captaran ese primer momento por estar evacuando, por las vías amorfas del intestino grueso, unas hamburguesas frías en los baños que estaban a mano derecha al final del pasillo. Afortunadamente, llegaron a tiempo para captar el segundo momento del parte médico, que si bien no era el más alegre, sí resultó ser el más dramático de todos y el que, me corto la cabeza, un editor hubiera escogido en caso de que otros atropellos, asesinatos, ataques terroristas y suicidios hubieran ocupado mayor espacio televisivo o resultaran notoriamente más sangrientos y lacrimógenos.

Rosa conocía perfectamente que, además del dolor real, debía extremar su actuación si quería que un *close-up* postergara la imagen de su familia y la de su hijo. Quién sabe si dentro de unos cuantos años, algún avezado productor acudiera a aquellas imágenes cuando, en una entrevista con el famoso actor Cristian Alejandro Barril, necesitara reseñar la primera vez que el joven apareció ante las cámaras. Y seguro que el productor, emocionado, alabaría la precocidad histriónica de su entrevistado.

—Lo que no pudimos salvarle fue el pie izquierdo... —concluyó el doctor con gravedad.

Las cámaras C y B tomaron, desde dos planos distintos, el rostro del doctor, y enfocaron, sobre todo, una mancha de nacimiento que el doctor tenía en el cuello y que se parecía mucho a la mancha que tenía Basilio en la frente. Pero el hincapié lo hizo la cámara A frente a la cara de Rosa, quien se desplomó calculadamente en los brazos de su esposo tras exhalar un grito largo y desgarrador. Un reportero bien maquillado lo describió luego como "un grito de dolor maternal ante la trágica y fatídica desgracia; un grito que quedará grabado para siempre como uno de los gritos más lastimeros que una madre puede ofrendar por un hijo de sus propias extrañas y amamantado día tras día, hora tras hora, minuto a minuto... sin sospechar que en un segundo, un auto cruel y despiadado lo iba a dejar ensangrentado en medio de la calle y lo iba a mutilar para siempre. Para SSSSIEMMPPPRRRE...".

Rosa derramó lágrimas de perlas (de perlas cultivadas para ser precisos) al saber que su hijo había perdido su piececito, sus cinco deditos: el meñique, el anular, el del medio, el índice y el pulgar. Ni uno siquiera se salvó. Lo más doloroso fue cuando, días después del terrible accidente y en el mismo programa que divulgó lo ocurrido un martes 13, salió el reportaje de unos jabalíes que deambulaban por el valle de San Fernando, y la cámara mostró en detalle que en las fauces de uno de ellos había un pie de un niño. Rosa se desmayó, pero en esta ocasión lo hizo sobre el sofá de *vinyl* rosado con forro de nailon tornasolado.

Pasó el tiempo y el número de lágrimas de Rosa se redujo a un 20%. Pero se incrementaron durante los días en que recibió un *bill*, una factura quiero decir, del hospital. Le cobraban los servicios quirúrgicos ofrecidos a Cristian Alejandro y le advertían, amablemente, que de no ser pagado en un plazo de sesenta días, dicha información pasaría a una agencia de colección, es decir, pasaría a derrumbar el crédito de la familia Barril... y sin crédito, pensó Rosa, no podrían comprar casa propia en un futuro ni el banco les haría préstamos en casos emergentes... y sin casa propia ni préstamos del banco, sus vidas estarían condenadas a pagar una renta... y el día en que, por equis o por hache, no pudieran pagar la renta, tendrían que acomodarse en la sala de la comadre Lupe... y si, por alguna razón imprevista, tenían alguna discusión con los compadres o

Rosalinda agredía a Blanca Azucena (la hija más chica de Basilio y Guadalupe), tendrían que irse, en el mejor de los casos, a un albergue o, en el peor, esconderse de la migra en los garajes de los edificios federales, entre las plantaciones de cítricos o en un terreno baldío... y si alguien los veía y los denunciaba, tendrían que correr y correr, con hambre y sed, por todo el desierto... y si una serpiente de cascabel les salía al paso y los mordía, tendrían que acudir a un hospital cercano... y si el hospital lograba salvarles la vida, los condenaría de por vida a pagar la deuda... y al no poder pagar la deuda, las agencias de colección tendrían más que razones para perseguirlos por incumplimiento en los pagos... y tal vez la cosa llegara a oídos de los del programa "Con la mano en la masa"... y la María Oliva se retorcería del gusto allá en México... y los niños vivirían avergonzados... y toda posibilidad de que Cristian Alejandro fuera actor de telenovela quedaría anulada, a no ser que un director de cine concluyera que el caso merecía pasar a la pantalla grande para denunciar los males de la inmigración indocumentada, las desventuras de una madre desesperada o la mala suerte de un bebé nacido en el seno de una familia que ha dicho "no al aborto".

Teodoro trabajó sábado y domingo, y convirtió los treinta días del mes en sesenta días. Eso, unido a las plegarias de Rosa a su Virgencita de Talpa y a la generosa ayuda que recibió de las madres solteras, hizo que el dichoso *bill* fuera pagado a los cincuenta y dos días. Rosa dio gracias a Diosito santo por librarla del suplicio de correr por el desierto y ser mordida por una serpiente de cascabel.

Al principio, Rosa sufrió al pensar que ya su hijo no sería el elegido en el *casting* para interpretar al galán de una telenovela, pero le quedaba el consuelo de que al menos Cristiancito iba a poder interpretar el papel del hijo que sufre o del enamorado que manda anónimos y rosas pero que nunca confiesa su amor imposible. Y quién sabe si su niño caminara con suerte o se levantara un día con el pie derecho, y se ganara una prótesis de su pie izquierdo en uno de los tantos programas que otorgan tentadores premios cada cinco minutos o regalan objetos fabulosos... ¿Por qué no, a ver? Si a una ama de casa que adivinó las siete consonantes de la frase "cáscara de piña", le regalaron una máquina de escribir con teclado transparente, y a un bombero le regalaron una valiosa colección numismática de centavos austríacos, ¿por qué no le iban a regalar a Cristian Alejandro una prótesis laminada en acero inoxidable con la medida exacta de su pie izquierdo? Todo era cuestión de andar con suerte.

La vida de Rosa siguió su curso normal. Su matrimonio resistía los vendavales más encarnizados porque ella se había casado bien casadita y había prometido dar a sus hijos un hogar estable. Solo que, como pasa en las mejores familias, unos días arremetía una sarta de improperios contra el ebrio, adúltero, bígamo y desconsiderado de su marido (palabras que escuchó en incontables ocasiones durante numerosos capítulos de "Pétalos de rosas"), y otras veces lo duchaba de besos, abrazos, apapachos, apretones y chupa-chupas (especialmente cuando las escenas románticas en "Rosas marchitas" corroboraban que el amor entre Perla Rosa del Mar y Raimundo Ronaldo Reyes no había muerto y que la llama de la pasión se había avivado en silencio). Cristian Alejandro apagó la velita sin contratiempos porque Rosa tomó drásticas medidas preventivas y mantuvo la casa cerrada durante la celebración (a pesar de las protestas acaloradas de los asistentes que consideraron las medidas como un atentado a la adecuada temperatura corporal). Gota de Rocío había dejado el vicio de vaciar frascos de perfume, desodorante y champú dentro de los floreros de la sala, y ahora se dedicaba a coleccionar llaves y llaveros. Cuando se perdía la llave del carro o de la casa, de seguro podía hallarse debajo de la colchoneta de Gota de Rocío o dentro del cuerpo hueco de una de sus decapitadas muñecas. Alma Rosa era persistente en su vocación de cantar frente al espejo y en gastar los pintalabios de su madre, de tanto dibujarse una boca mayor que la que tenía. Los cuates apedreaban a los perros callejeros que se confundían de colonia o a los osados gatos que hurgaban en los latones de basura del edificio. Y sí que tenían buena puntería el par de chiquillos. Cierto era que ya habían recibido un sólido entrenamiento en las máquinas tragamonedas, los videojuegos del hijo de los compadres, las escopetas tiradardos con las que ensartaban cucarachas a la pared, y hasta con los misiles asusta-vecinos con los que acertaban a través de un control electrónico, a pinchar las nalgas de los que se atrevían a cruzar la calle, provocativamente, ante los aguerridos gemelos. Teodoro los regañaba, muerto de la risa. Después de todo, Alfonso Enrique y Francisco Javier eran solo unos niños muy activos, pero eso sí, muy sentimentales y cariñosos. No más había que ver cómo lloraban cuando su madre les decía, en broma por supuesto, que si seguían portándose mal los iba a regalar al primero que pasara por allí. Rosalinda, por su parte, dejó de agredir a Kathy, y hasta se volvieron grandes amigas desde el día en que el equipo de Rosalinda y Kathy ganó el concurso de dibujo del salón de clases. Era un dibujo en el que un par de guerreras mataban al rey Malvadín con un hacha arranca-pescuezo. Teodorito estuvo malito por un tiempo con una extraña diarrea que mandó al hospital a treinta niños de la escuela. Se dijo que había sido a causa de unos garbanzos que comieron los niños el lunes por la mañana. Pero la escuela pagó los gastos de todo e invitó a dos pediatras para que les dieran una conferencia a los padres de los afectados sobre cómo mantener la higiene de los vegetales.

Por la televisión hablaban de leyes, reformas, contrarreformas, cláusulas, propuestas y de un tremendo llevaytrae y dalequedale con los indocumentados. Lo único que sacó en claro Rosa de todo aquel berenjenal era que su familia estaba en la mirilla de la migra y que corría un gran riesgo si sus hijos seguían en la escuela o iban al médico. Todos eran enemigos. Todos querían que ellos se fueran por donde mismo vinieron y dejaran de ser una carga para la sociedad. Bueno, todos no. Había muchos inmigrantes que iban con carteles a protestar y gritaban que la salud y la educación no se le negaba a nadie y que tanto Teodorito como Cristian Alejandro terminarían muertos por falta de atención médica o andarían de pandilleros por la calle si aprobaban leyes desalmadas como la 187, la 209, la 772, la 914, la 833, la 666...

Rosa odiaba el rumbo que iba tomando su realidad, sobre todo porque parecía ficción frente a la dulce realidad con la que ella se identificaba plenamente: la de las telenovelas. Las personas de las telenovelas se hacían cada vez más ricas y más jóvenes, es decir, crecían al revés; compraban casas y propiedades junto al mar, en un bosque o en una isla propia; heredaban fortunas tan grandes que, para no ofender la sensibilidad aritmética de los televidentes, se les decía tan solo que eran fortunas incalculables, cuantiosas o inimaginables; obsequiaban estuches de joyas a sus amadas, tan pero tan costosos que ellas siempre decían: "pero por qué has gastado tanto, amor mío" o "pero esto vale una fortuna..."; lucían modelos de pasarela y hasta dormían con pijamas medievales al estilo Luis XV; se desplazaban por lujosas mansiones; discutían en un campo de golf o en medio de un reñido partido de tenis; se daban su primer beso de amor sobre un yate y con la complicidad de un barman para ellos solos; se escapaban en un auto deportivo —el detalle de si era un *Ferrari*, un *Jaguar*, un *Porche*, un *Roll Royce* o un *Alfa Romeo* era lo de menos—; se hospedaban en las *suites* de los hoteles multipisos y multiestrellas; montaban briosos corceles por sus amplias extensiones de terreno; mandaban a estudiar a sus hijos a Suiza o a Francia o a los Estados Unidos cuando estos hacían alguna travesura sin importancia, bien fuera que habían atropellado sin querer a una familia que se les atravesó en la calle, que habían quemado por equivocación una casita minúscula, que habían asaltado un tren blindado un día de juerga o que habían violado a las 11 mil vírgenes; daban fiestas de disfraces en palacetes barrocos o asistían a subastas de esculturas mesopotámicas. ¿Cómo iba a preferir Rosa una colonia plagada de pandillas, la migra pisándole los talones todo el santo día, niños gritones que la sacaban de sus casillas, un marido al que no veía por el día y que roncaba por las noches, unos vecinos metiches, tiroteos y más tiroteos en la esquina, drogas en las mismas afueras de la escuela de sus hijos, un idioma que no lo entiende ni la madre que lo parió, gente malintencionada que lo único que hace es chingarle la vida a los demás, jotos que parecen charros y charros que tienen debilidad por los calzones *Calvin Klein*, mujeres mediasnegras y quitamaridos que deambulan con ostentosas tetas de silicona, secuestradores de niños, traficantes de riñones, terroristas ocurrentes que tienen el fin supremo de gobernar una nación o maniáticos sexuales que creen que sus órganos son objetos museables y que hay que estarlos exhibiendo a pleno día y en plena calle, *Unabombers* y Mesías explosivos; y un glosario de organizaciones que le enchinan el cuero a cualquiera, como esas que se autodenominan "Violadores Anónimos", "Alcohólicos Anónimos",

"Prostitutas Anónimas", "Deprimidos Anónimos"...? ¿Cómo se les ocurre pensar que Rosa iba a preferir vivir esa realidad que la realidad linda, bonita, bella, hermosa, esplendorosa, preciosa, maravillosa y color de rosa que aparecía en las telenovelas? ¿Eh?

Sin embargo —pese a la ensangrentada lucha que sostuvo la protagonista de esta novela con un grupo de uniformados que la acusaban de mexicana ilegal y que resultaron ser unos gabachos hijos de su pinche madre que se vistieron así para asustar a los inmigrantes pero que no tenían nada que ver con los de la migra, pese a que en más de una ocasión unos delincuentes le quitaron el poco dinero que traía y la cartera tan chula que había comprado en *99-Cent Store*, pese a que los periódicos y las noticias atiborraban sus espacios de sangre y mostraban estadísticas que cualquier suicida hubiera podido tomar como pretexto para su vocación, pese a que la capa de ozono seguía empecinada en ahuecarse...— Rosa persistió en modificar su realidad y, llena de fe y optimismo, resuelta a no dejarse vencer por las dificultades, decidida a enfrentarlo todo por el bien de los suyos y de la humanidad entera, rechazó aquel mundo atroz, putrefacto y pueril y se dedicó a verlo todo con el prisma rosado y esperanzador de las telenovelas. Si algunos lograban ser ricos de la noche a la mañana, ¿por qué no ella? Si algunos se habían sacado unos milloncitos en la lotería, ¿por qué no ella? Si algunos heredaban una fortuna de un pariente desconocido, ¿por qué no ella? Si algunos se volvían famosos aunque antes no los recordaba ni su tía Emetelia,

¿por qué no ella? Para Rosa nada era imposible. Mucha gente que antes creía que el mundo se les venía encima, podían contar luego sus experiencias en la televisión y decir que siempre tuvieron fe en que un día su vida giraría 180 grados. ¿Acaso Rosa iba a estar excluida de los tocados por la gracia de Dios? ¿Acaso su vida no estaba destinada a girar aunque sea 45%? ¿Acaso no era ella una de las que más rogaba, rezaba, imploraba, oraba, pedía, se encomendaba, alababa y creía ciegamente en los inescrutables vericuetos del Reino de los Cielos? ¿Entonces?

En eso pensaba Rosa cuando un auto pasó a toda velocidad y le disparó a otro auto que estaba estacionado frente al puesto de elotes de Aniceto Quijano, el esposo de Lola Arencibia. Lola era la mujer que iba de vez en cuando a casa de Rosa para venderle vestidos bien baratos. Ella los conseguía gratis en una fábrica de costura de Los Ángeles (aunque juraba que no era ella quien sacaba los vestidos del taller, sino otra señora sin nombre). A lo que iba. Fueron tres disparos, y luego otros tres. En medio del corre-corre, la confusión y el reguero de elotes ensangrentados por todo el piso, Rosa pudo ver la cara de uno de los muchachitos que disparó desde el carro, pero tardó en asimilar que fuera justamente él, el hijo mayor de Gregoria, el que había apretado el gatillo. Las luces y sirenas de la policía doblaron la esquina y frenaron cerca de los cadáveres. Las ambulancias se abrieron paso y los camilleros cargaron con todos los cuerpos que vieron en el suelo. Junto con los dos muertos, y los tres heridos, estaba Rosa desmayada. Y con ella cargaron también.

Rosa recobró el conocimiento en la sala de emergencia del hospital y se percató de inmediato del peligro que corría. Si la policía la interrogaba e investigaba un poco, se daría cuenta de su estado legal y la mandaría de vuelta a Morelia, con morral y todo. De cómo logró escapar Rosa, no lo sé. No tengo muchos detalles sobre este dudoso hecho policíaco. Lo que sí sé es que Rosa se las arregló para burlar la vigilancia de las enfermeras y de un oficial de la policía, y aprovechó el bullicio y la confusión de otros dos casos de asesinato a mano armada, para salir vestida de empleada de limpieza.

La familia de Rosa estaba como si nada. Notaron la falta de Rosa cuando llegó la música de "Capullo de Rosa" y la cena brillaba por su ausencia. Los niños hasta se alegraron de poder gritar y pelearse a sus anchas, sin las molestas restricciones de su madre. Teodoro, sin embargo, maldijo la hora en que a Rosa se le ocurrió ir a la tienda *Greengoland*, porque ¿dónde más podía estar su mujer a esas horas de la noche, si no en una tienda abierta las 24 horas?

Rosa llegó jadeante y con una cara de susto que aterró a todos. Su estrafalaria vestimenta, sin embargo, pasó inadvertida. A Rosa le gustaba disfrazarse aunque no fuera *Halloween*. Teodoro supo que algo gordo había ocurrido e intentó indagar, pero Rosa se fue al cuarto y se quedó muda hasta el otro día.

Después de intentar pensar en otra cosa con las

faenas hogareñas de cada día, y de lamentarse por el triste destino de Alma Cándida Rosales en "Rosales del olvido", Rosa tuvo que enfrentarse a las aterradoras noticias que pasaron a las cinco en punto. Primero pasaron noticias que se parecían mucho a lo que Rosa había protagonizado el día anterior, pero se diferenciaban sutilmente en el número de víctimas, el número de disparos de los victimarios y la calidad histriónica de los familiares de los asesinados. La noticia del tiroteo en el que por maldita casualidad tuvo que estar presente Rosa, ocupó el noveno lugar pero fue la primera que dieron después de unos comerciales sobre una dieta que prometía bajar en diez minutos lo que habías engordado en diez años y sobre una oferta de vacaciones para practicar surf en Hawaii. El reportero, muy serio y compungido por el desenlace fatal de la tragedia, valga la redundancia, transmitía desde el lugar de los hechos. Tras él había gente insensata que con tal de salir en la televisión le hacían muecas a la cámara o alzaban ridículamente los brazos. Seguidamente pasaron una dramatización del tiroteo, mostraron las caras de las dos víctimas (uno de ellos era Aniceto Quijano), entrevistaron a la viuda, Lola Arencibia de Quijano, que estaba rodeada por los hijos huérfanos y llevaba puesto el vestidito floreado que Rosa no quiso comprar la semana pasada porque le pareció un poco caro. La viuda pidió justicia y la cámara hizo un *close-up* del recorrido de la lágrima de uno de los niños. Los de la tele dijeron que los delincuentes habían tomado las calles y que era preciso decir no a la violencia. Luego comentaron algo acerca de una presunta homicida que escapó del hospital sin dejar rastro y de la vinculación de esta con grupos pandilleriles o narcotraficantes. Se rogaba a la población que colaboraran con la policía en la captura de la peligrosa mujer y ofrecieran mayor información para un retrato hablado, porque el único dato que tenían era: "mujer hispana".

Mi protagonista quiso cambiar de canal, pero en los otros canales estaban haciendo chistes güeros que a Rosa no le hacían la menor gracia, o retransmitían una rabiosa disputa entre una madre que jamás toleraría que su hija se acostara con un padrastro negro o se fuera a empinar papalotes a Pennsylvania; jamás.

Gota de Rocío había vuelto a sus andanzas de vaciar frascos llenos de líquidos o cremas, y tuvo la infeliz idea de derramar toda la salsa de tomate sobre su pelo. Quería parecerse a la pelirroja locutora de "Con las manos en la masa". La madre, abruptamente nerviosa, le propinó tal cantidad de nalgadas que a la niña se le quitaron los deseos de ser pelirroja y optó por arrancarse los cabellos en un prematuro e inexplicable ataque de nervios.

Confundida e inquieta por estar obligada a ser cómplice del asesino de Aniceto Quijano y del otro jovencito que cayó perforado por una bala que le abrió un huequito pardo en la ceja, Rosa buscaba refugio en el televisor, su compañero inseparable de todos los días, el que jamás la juzgaba, ni la condenaba, ni se atrevía a alzarle la voz a no ser que ella lo decidiera con el control. Ese, que más bien la deleitaba con sus historias hiperrománticas y ocupaba los salones vacíos del aburrimiento con un batallón de imágenes arcoíricas. Ese, que jamás le permitía un descanso y le repetía que la amaba con todas las fuerzas de su corazón. Ese, que lo mismo la arrullaba con besos de flauta que la conducía livianamente a comprar llantas nuevas en *Sears*. Gracias al televisor, Rosa pudo sentirse menos culpable de no haber denunciado a las autoridades que el hijo de Gregoria, la soprano que cantaba en el coro de la iglesia, era uno de los que iba en el carro francotirador".

Durante los capítulos siguientes, digo, durante los días siguientes, Rosa tuvo algunos contratiempos que si bien interrumpieron su tranquilidad, al menos le sirvieron para hacerla olvidar el tiroteo y su mediana culpabilidad.

Lo primero fueron los sucesos frente al *McDonald's*, a dos cuadras del edificio de Rosa. Una niña de cinco años de edad fue baleada dos, tres, cuatro, cinco, seis veces porque al parecer no sabía que los miembros de una de las pandillas de la colonia le tenían echado el ojo a un pandillero desertor, quien ahora había tenido la mala ocurrencia de trabajar tranquilamente y como si nada, en un *McDonald's* de la misma colonia. La niña, sin comerla ni beberla (la hamburguesa y la *Tecni-Cola*), fue el blanco de la mala puntería de los pandilleros resentidos. No logró llegar viva al hospital. Su cadáver sostenía fervorosamente medio pan con hamburguesa. Del asunto solo quedó una conferencia de prensa, con más de cien micrófonos agolpados frente al rostro del jefe de la policía del condado, en la que se prometía a la población tener mano dura contra la delincuencia y dejar caer todo el peso de la justicia sobre los presuntos homicidas. Rosa imaginó cuántas toneladas podría tener todo el peso de la justicia, y llegó a compadecerse de los jóvenes a los que les cayera encima semejante peso.

El otro suceso todavía sigue dando de qué hablar en la colonia. A nadie le hubiera pasado jamás por la mente que el viejo Richard Cole fuera tan degenerado e hijo de mala madre... con lo santito que parecía. Pues el tal viejito de ochenta y cuatro años atraía niños a su casa con la promesa de darles dinero, golosinas y videojuegos. Lo único que los infantes tenían que hacer a cambio de tan generosos regalos, era andar desnudos por su casa y ver con él algún que otro video porno. Menos mal que Teodorito no llegó a ir nunca a pesar de que sus amigos lo animaron. "Es un viejo loco, no más", le decían sus cuates para que se sumara al grupo de niños nudistas. "Que no. Que no me gusta andar en cueros", decía Teodorito casi enojado. "¿Cuántos videojuegos dicen ustedes que regala el viejo loco ese?".

Las madres de los niños involucrados tardaron mucho en denunciar al anciano libidinoso. Temían que la gente mal pensada juzgara que sus hijos tenían tendencias perversas, en el mejor de los casos, u homosexuales, en el peor. Solo uno de los niños, enojado porque el maldito viejo se negó a darle un videojuego porno, se atrevió a poner sobre aviso a la policía con una llamada anónima.

Para Rosa fue difícil decidir a quién creer: si a los comentarios de la colonia o a los de la tele. La gente decía que el viejo jamás tocó a ningún niño y que eso de que tenía una colección de artefactos vibra-electrónicos debajo de la cama o de que incitaba a los niños a actos horrendos-terribles-horripilantes no era así. Pero en la tele aseguraban lo contrario y hasta entrevistaban a psiquiatras que explicaban detalladamente que la conducta psicosomática del decrépito anciano permitía considerarlo como un empedernido maniático sexual agresivo con instintos sadomasoquistas y bla bla bla. Para Rosa la cosa quedó luego bien clara: los de la tele sabían lo que hacían y tenían más información aunque no hubieran estado en el lugar de los hechos. En cambio, los protagonistas reales posiblemente estuvieran tergiversando la historia para que la gente no pensara que fueron violados... y todo lo demás. Sí, los de la tele estaban en lo cierto: el viejo era un cabrón de mil quilates que violó repetidas veces a un ejército de niños inocentes. La virilidad de los angelitos había sido sensiblemente magullada y la huella psicológica no se les borraría jamás. Solo algo hizo que Rosa dudara: ¿Cuántas píldoras de *Vierga 2000* habría necesitado el octogenario para saciar sus bajos instintos? "A viergazo limpio", terminó creyendo Rosa. De todo esto, lo bueno era que Teodorito no llegó a entrar a esa casa endemoniada.

En la vida de Rosa las cosas no transcurrían como en los capítulos de las telenovelas, pese a que ella hacía lo indecible porque ambas realidades coincidieran. A ella no le pasaba nada trascendental y mucho menos romántico. Tampoco le ocurría nada que atrajera la atención de los periodistas. Su caso no clasificaba siquiera para ningún *talk show*. ¡Aquello no era vida para una mujer lozana y vigorosa como Rosa!

—Tenemos que hablar, Teodoro —le dijo Rosa a su marido apenas entró este por la puerta.

—Por favor, Rosa, no me vengas con sermones ahora. Vengo muerto del trabajo. Hoy tuvimos que bajar un camión de jitomates —protestó Teodoro.

—¿Te das cuenta? —comenzó a gritar Rosa—. Nunca me dejas hablar. Todavía no sabes lo que te voy a decir y ya estás protestando. ¿Crees que esto es vida para una mujer como yo? ¿Acaso te has preguntado qué necesito, Teodoro? Claro que no. Por supuesto que no ¡Qué te va a importar a ti eso! Tu mujer y tus hijos son lo último en tu vida. Más valen las zanahoritas y las coliflores que tu propia familia, ¿verdad? Pues estoy harta. ¡Harta! ¿Me oíste? Ya no aguanto más tu indiferencia. He aguantado tu aliento a culebra descompuesta, he soportado tu barrigota sudada sobre la mía, he tenido que lavar a mano tus calzones porque la mierda no sale ni con *Tide with Bleach*, te he tenido la cena todos los días, he cuidado a tus hijos que son tan ingratos y pediches como su padre, me he privado de ir a la peluquería o de ver la telenovela de las dos con tal de que no me chingues luego con tus quejas de que soy una mujer cochina. ¡Puerco y repuerco eres tú, que hasta te tiras unos pedos hediondos delante de los muchachos! ¿O a poco no?

—¿Y qué tienen que ver mis pedos en todo esto? —saltó Teodoro.

—Mucho. Mucho tienen que ver. Ya no me das dinero ni para aromatizantes con olor a primavera. ¿Crees que con el de vainilla se va la peste? —siguió Rosa cada vez más colérica—. No, mi'jito. Ese solo sirve para espantar moscas. El dinero nunca llega a la casa, te lo gastas en la bebedera y sabe Dios en qué más... con alguna... sí, no me mires con esa cara, con alguna mujer de esas que salen en las telenovelas con la boca reterroja y los pelos revueltos sobre la cara. ¿O crees que no me doy cuenta de tus andanzas y tus llegaditas a medianoche? Lo que pasa es que aguanto y aguanto y aguanto. Y no por ti, fíjate, sino por los niños, que no tienen la culpa de tener el padre degenerado que tienen. Que si supieran... Que me perdone, Dios, pero a veces una se pasa de mensa y aguanta demasiado. Porque tú, Teodoro, eres un bueno para nada, un pinche viejo que no sabe apreciar la clase de mujer que tiene en casa. Fíjate, yo los tenía así, me rondaban a todas horas. ¿Y sabes qué? ¿Te acuerdas de Echevarría, el altote y fuertote? Pues a ese lo traía comiendo de mi mano y babeándose por mí. Pero me vine a enredar contigo. Y todo por el caballo que tenías... que si hubieras andado a pie... otro gallo cantaría....

—Dejémoslo ahí, Rosa, no tengo ganas de seguir aguantando tu sermón —gruñó Teodoro, que ni se inmutó mucho con las ofensas de su mujer. Ya estaba acostumbrado. Achacó el mal genio de Rosa a algún descalabro amoroso entre Rosa Magdalena Carbajal y José Andrés Ciprés, o quizás la malévola Enriqueta Gandul había vuelto a interponerse entre los amantes de la telenovela de las siete y había dejado un saldo considerable de muertos, angustias y maldades. Era más que comprensible entonces, que Rosa estuviera de tan pésimo humor y desahogara en Teodoro toda su inconformidad con los acontecimientos televisivos del día. Y Teodoro amaba a su mujer a tal punto, que le perdonó la insensible alusión a sus pedos.

Rosa vio que su marido la estaba mirando con cara de callarla a las buenas o a las malas y decidió sentarse tranquilita a ver el resto de las telenovelas del día. Teodoro se fue a la cocina sin hablar, calentó una birria del día anterior, untó tres tortillas con chile serrano y se sentó a comer solo. Rosa lo espiaba con el rabillo del ojo mientras suspiraba con la decimosexta reconciliación entre Perla Rosa del Mar y Raimundo Ronaldo Reyes. Aprovechó que pasaban los comerciales para comentarle a su esposo que los niños se habían ido a dormir temprano, y que Alma Rosa estaba un poco desobediente últimamente. Teodoro hizo dos o tres comentarios sobre la posibilidad de comprar un televisor pequeño para que los niños lo pudieran ver en su cuarto. Sacaron cuentas, y sí, el dinero les daba para ese gasto. ¡Dos televisores en casa! ¡Sonaba estupendo!

¿Qué cómo terminó la cosa? Con tres muelles rotos. El nuevo colchón de Rosa se rebeló contra los dos cuerpos copulantes, que cuando se reconciliaban eran bochornosos y abusivos contra la endeble cama, e hizo saltar por los aires tres muelles flojos. Pero ni Teodoro ni Rosa se dieron por enterados. Estaban en pleno apogeo de pasiones cavernícolas y ni un terremoto de 8.5 en la escala de *Richter* con el epicentro en la cama los hubiera detenido en esos instantes.

—¿Es cierto que mi barriga no te gusta? —le preguntó Teodoro a su mujer, cuando cesó el feroz forcejeo de sexos.

—¿Cómo crees, tonto? Si es lo que más me gusta... —dijo Rosa, acurrucándose bajo el brazo de su marido y acariciando la panza voluminosa y peluda de su Teodoro—. Es más, me encanta.

Y otra súbita erección anunció que la noche no se iba a acabar aún.

(Corte comercial)
Vierga 2000... PARA todo

IMAGEN: Hombre cincuentón y cabizbajo, que mira con tristeza hacia la punta... de sus zapatos.

VOZ DEL LOCUTOR: *Si su autoestima anda por el piso y no tiene cómo levantar su antiguo espíritu, nosotros tenemos la solución: VIERGA 2000, un producto que ha revolucionado el mercado con su fórmula vergorevitalizadora. Un producto nuevo y novedoso para novatos. Un producto que le hará gozar de los placeres de la vida y de las mieles del amor. Un producto hecho únicamente para usted. Sí, usted mismo, no se haga el tonto y atienda bien.*

IMAGEN: Hombre cincuentón saltando como chapulín en medio de un montón de Pamelas Anderson. Cerca de él, unos toros sementales lo miran con envidia.

SONIDO: Canción popular, interpretada por "Los del dúo Deno": *Dale a tu cuerpo alegría, Macarena, / que tu cuerpo es pa' darle alegría y cosas buenas... / dale a tu cuerpo alegría, Macarena, eeeeh, / Macarena, ¡AAAAAAH!*

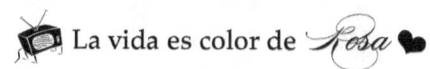

VOZ DEL LOCUTOR: *Con solo una cápsula, se le pararán los pelos, se le despertará el apetito, se le animará la cara, se le alegrará el humor, se le erguirá el orgullo y se le enderezará la vida.*

IMAGEN: El hombre cincuentón corre cincuenta pistas de carrera, nada veinte piscinas, levanta 200 kilogramos de pesas, baila mambo durante 5 días seguidos, se bate cuerpo a cuerpo con nueve luchadores de sumo y se trepa a los árboles como Tarzán.

<La sensación de tiempo transcurrido se dará a través de letreros y otros recursos televisivos.>

SONIDO: Canción interpretada por el Septeto Gatiesa, compuesta por uno de sus integrantes, el sonero octagenario Crispín Gatiesa:

Cuando siento tu pezón,
se me para el corazón,
se me sube la emoción
y hasta pierdo la razón.

<Estribillo:>
Dura, dura, dura, dura
duradera es la cuestión
Dura, dura, dura, dura
duradera es mi pasión.

VOZ DEL LOCUTOR: *El efecto de VIERGA 2000 es*

DURAdero. Podrá batear hasta diez veces en un mismo inning y no tendrá que tomar base por bola. VIERGA 2000 le mantendrá la moral firme, la dignidad altiva y la... ¡VIERGA 2000 en punta hacia el nuevo milenio!

IMAGEN: Varios conejillos de Indias, digo, varias personas prueban una cápsula de VIERGA 2000 y repentinamente comienzan a echar humo por las orejas y a dar brincos enloquecidos. Algunos trepan por los rascacielos y otros se repellan contra postes telefónicos. Las mujeres salen todas corriendo despavoridas mientras los sátiros, digo, los ancianos juguetones corren, atléticos, tras ellas.

TESTIMONIO 1: *Desde que tomo VIERGA 2000, me siento como un tigre, como una fiera, como un animal, como un toro, como un semental, como un caballo, como un burro, como un salvaje, como un bárbaro, como una bestia. Yo se lo recomiendo.*

TESTIMONIO 2: *Yo andaba todo achicopalado y con la cabeza entre las piernas. Pero desde que tomo VIERGA 2000, puedo levantar la cabeza.*

SONIDO: Canción popular: *Dime si te gustó, te gustó, te gustó. Dime si te gustó, te gustó, te gustó...*

Rosa
quiere otra cosa

El colchón de la cama de Rosa, a pesar de que no tenía ni seis meses de comprado, ya tenía más muelles fuera que dentro y no hubo forma de enmendarlo. A la cama le faltaban además, no una, sino las dos patas delanteras. Y aunque la calzaron con biblias, ya no daba para más. Así que Rosa y su marido terminaron por aceptar el regalo de María Candelaria, la buena de la vecina, por más que les molestara la idea. Es que la cama que les ofrecía la vecina era justamente la misma en la que había fallecido don Heriberto, su suegro, después de días de estar muriéndose a grito pelado.

—Está buena y el colchón está casi nuevo —comentaba la vecina—. Mi difunto suegro apenas la usó unos días y, como no se movía, los muelles están intactos.

A Teodoro se le erizó la nuca. La idea de dormir en el mismo sitio donde otro había muerto hacía apenas una semana, no le gustaba ni tantito. Pero Rosa fue más práctica y pensó que si compraban otra cama, no les alcanzaría el dinero que ya habían destinado a un segundo televisor. Así que, se amarró la mala impresión y dijo sí con los ojos cerrados.

La vida de Rosa, sin embargo, iba de mal en peor. La llegada del nuevo televisor de 14 pulgadas, que fue colocado en el cuarto de los niños, agravó las cosas. Ahora los chiquillos, que se sentían en plena posesión del aparato, se disputaban los canales y se peleaban por el control. La gritería impedía que Rosa pudiera concentrarse en la dulce resistencia de Rosa Margarita Abril Primaveral frente a su Juan Esteban Monzón. Tanto así, que Rosa obligó a todos a ver la misma telenovela que ella estaba viendo, para que el sonido llegara en estéreo, como en el cine.

La resignación de Teodoro a ser pobre toda su vida, la desobediencia de los hijos que ya se creían con derecho hasta de gritar sin permiso, la incertidumbre en medio de una vida sin papeles y la sucesión de días sin que nada maravilloso ocurriera, hizo que Rosa estallara en mil pedazos. Ya estaba harta de todo… de su vida miserable… de su marido poca cosa… de su empecinada obesidad… de su existencia terrenal… de sus hijos malagradecidos y contestones… y hasta de su sofá de *vinyl* rosado con forro de nailon tornasolado. Rosa quería cambiar de vida. Quería simple y llanamente, otra cosa.

Lo primero que hizo fue ir a la peluquería. Por supuesto que era una peluquería donde hablaban español, como todos los lugares que frecuentaba Rosa. Quería cambiar su imagen. Lucir completamente diferente a lo que había sido hasta ahora —e igual a las protagonistas de las telenovelas. Quería ser amada y aceptada por todos y se dispuso a lograrlo costara lo que costara. Y sí que le costó. Dos alcancías llenitas. Pero lo importante es que Rosa salió de la peluquería con el pelo rubio cenizo y unos bucles retozones que le hacían cosquillas en los hombros.

A Teodoro no le gustó absolutamente nada aquel cambio. Prefería mil veces el pelo negro, brillante, largo y con olor a maíz tierno de la Rosa que salió por la mañana hacia la peluquería que el de la Rosa que regresaba con pelo amarillo y con olor a gel. Pero al ver la felicidad de su Rosa, decidió evitarle un disgusto y en vez de soltar lo que pensaba, sin pelos en la lengua, dijo meloso:

—Pero si pareces una francesita, mi Rosita linda.

—¿Tú crees? —preguntó Rosa con voz de flauta desafinada.

—Una princesa —insistió Teodoro—. Una artista de telenovela.

—No le sigas. No le sigas que me lo voy a creer —dijo Rosa, cuando ya se lo había creído.

Pero Rosa no se conformó con sus bucles dorados... quería otra cosa. La solución estaba en el televisor. Como siempre. Un anuncio hablaba de que la ciencia era algo maravilloso y que ya las personas podían cambiar el color de sus ojos con solo chasquear los dedos. Al principio, Rosa creyó que se trataba de una operación horrible, donde hacían un costosísimo trasplante de ojos. ¿Y si luego no veía bien con ellos? ¿Y si le quedaban más chiquitos o más grandes en los huecos que ella tenía destinados a los ojos? No, Rosa no se atrevía a tal cambio. Pero luego supo que la cosa era más que simple. Solo tenía que ponerse unos lentes. Era todo.

Al otro día, Rosa se fue al oculista y le dijo que quería tener otro par de ojos porque ya estaba aburrida del par que tenía. El oculista le midió la vista, le hizo unas cuantas pruebas con unas letritas y unos numeritos que se ponían cada vez más chiquititos, y finalmente le dio un catálogo con ojos en colores. A Rosa le gustaron unos ojos malva-rosados que había en la página 9 y que estaban en rebaja. Pero el oculista le dijo que no los tenían disponibles y que si los quería debía esperar tres meses; los importaban de las islas Malvinas. Rosa no quiso esperar y optó por unos verde-amarillos que también estaban muy bonitos. *Made in Hong Kong.*

Le costó trabajo habituarse a no pestañear tanto y a familiarizarse con sus nuevos ojos. Pero cuando Rosa se miró al espejo, tuvo la sensación de estar frente a alguien que no era ella. Era una mujer superlinda. Superbella. Superartista. *Superwoman.* Ahora sí que Teodoro se babearía por ella.

Teodoro llegó del trabajo agotadísimo y saludó a su mujer como de costumbre. Ella estaba cabizbaja, aplastando ajos y cebollas con un mortero de madera. Quería darle la sorpresa. Rosa esperó a que su esposo se acercara lo suficiente. Cuando sintió que la respiración de él tropezaba con su cuello, alzó el rostro con meticulosa lentitud, como en las telenovelas, dispuesta a hechizarlo con una mirada penetrante y caudalosa. Así lo hizo. Pero a Teodoro se le escapó un grito aterrador y retrocedió espantado. Rosa interpretó aquella reacción de su marido como una halagadora muestra de entusiasmo. Seguramente él no había podido resistirse a tanto encanto y estaba pasmado de la emoción y la alegría, incrédulo, estupefacto, petrificado, anonadado...

—Soy yo, Teo. Soy tu Rosita, tu princesa encantada —le dijo Rosa extendiéndole los brazos.

A Teodoro casi se le sale el corazón por la boca. Le subió la presión, se le atragantó el chicle que mascaba, se le erizó la nuca, se le entumecieron las piernas y se le encogieron los músculos. Creyó que estaba frente a una vampiresa y que de un momento a otro iba a ser mordido en el cuello por los colmillos de aquella rara mujer que decía llamarse Rosa.

—¿Te has quedado mudo, mi Teodorito bello? ¿No le vas a dar un beso y un abrazo a tu Rosa?

Teodoro se precipitó a la llave de agua, bebió un poco y se mojó la cara. Algo recuperado, intentó observar detenidamente al ser que tenía en frente. Sí, era Rosa. No había dudas. Era Rosa, pero... ¿qué le había pasado en los ojos?

—¿Estás bien, Rosita? ¿Te sientes bien? —le preguntó Teodoro, alarmado—. ¿Cuántos dedos tengo en esta mano?

—¿Qué estupidez estás haciendo? ¿Crees que soy ciega o qué? —se enojó Rosa.

—Dime cuántos dedos tengo aquí, Rosa —insistía Teodoro.

—Vete a la chingada con tus dedos. Eres un idiota. Claro que tienes cinco dedos en cada mano. Te lo hubiera dicho sin verte.

Teodoro examinó entonces la cebolla y el ajo que Rosa aplastaba con el mortero.

—Déjate de bobadas, Teodoro —protestó Rosa—. Estoy perfectamente bien. Solo he cambiado el color de mis ojos. Ahora son verdes. ¿Que no los ves?

—¿Te has cambiado los ojos, Rosa? ¿Cambiaste tus ojos negros por ese par de bolas casi descoloridas? —preguntó Teodoro, entre consternado y rabioso.

—Sí, ¿y qué? ¿No te gustan? —le increpó Rosa, que ya estaba a punto de echarse a llorar.

Su marido comprendió de golpe que a Rosa le había afectado mucho el cambio hacia una nueva vida, en un nuevo país, con un nuevo idioma, y achacó el descalabro de su mujer a los anuncios publicitarios, a las mujeres ojiverdes de las telenovelas, a la carencia afectiva que padecía Rosa desde que se desprendió de su familia en México y a la vida rutinaria que llevaba. Lo que no acababa de entender es por qué Rosa creía que iba a lucir más bella cambiando el brillo y la expresividad de sus ojos oscuros por dos lentes inexpresivos y opacos. En fin, ella se sentía más hermosa y eso era lo más importante. Así que Teodoro se hizo el de la vista gorda y comentó:

—Es que estás preciosa, mujer. Eres otra.

—¿Verdad que soy otra?

—Definitivamente.

—¿Vemos una película?

—¿Y los muchachos?

—Se los dejamos a Lupe y Basilio. Ya sabes que a ellos no les molesta.

—Bueno... ¿y qué vamos a ver en el cine?

—¿En el cine? Yo no dije que íbamos a ver una película en el cine. La vamos a ver aquí. Los dos solitos. En el sofá.

Teodoro no entendía ni papa frita.

—Sí, Teo, renté una película de misterio que dicen que está buenísima...

—Pero si nosotros no tenemos video, mujer.

—Por hoy sí, Teo, por hoy sí. Se lo pedí a María Candelaria. Por cierto, creo que lo próximo que debíamos comprarnos es un video. Así podríamos ver películas en la misma casa.

—Ay, viejita... ¿y de qué trata la película que rentaste?

—De vampiros y esas cosas.

A Teodoro se le volvió a erizar la nuca pero no ofreció ninguna resistencia con tal de no lastimar la irritable sensibilidad de su mujer.

Esa noche, después de ver la película en el video que le prestó la buena de la vecina, Teodoro no podía dormir. Le temía a Rosa. En medio de la oscuridad, mientras ella se desvestía con malicia, vio los ojos de su mujer, débilmente alumbrados por la luna llena que filtraba su luz azulosa y fría por la ventana del cuarto. Sintió un escalofrío en la planta de los pies que fue subiéndole por todo el cuerpo hasta la punta de los pelos. Y fue peor cuando Rosa prendió la lámpara de la mesita de noche, se sacó cada ojo con la yema de los dedos y los puso en una cajita rosada.

Rosa comenzó a rozar sus enormes nalgas morenas contra la piel asustada de su esposo. Teodoro hizo un esfuerzo sobrehumano por olvidar la nueva cara de su mujer, e intentó imaginarla tan natural y hermosa como hacía una semana atrás. Pero el cuerpo de Teodoro estaba renuente y estático. Los miembros flojos y la sangre adormecida. Rosa comenzó a inquietarse y aceleró el movimiento de sus nalgas sobre la pelvis de su marido. Pero Teodoro seguía inmutable. Desinflado y blando como una ciruela pasa.

—¿Qué te pasa, Teo? ¿No te gusto ya? —susurró Rosa en la oreja de su marido.

—Claro que sí, mi vida. Creo que estoy un poco cansado no más.

—Está bien. Lo dejamos para otro día —Rosa besó la boca de Teodoro, le dio un pellizco cariñoso en la panza, apagó la luz de la lámpara de noche y se volteó hacia el otro lado para dormir.

Teodoro, sin embargo, tenía los ojos abiertos de par en par. En cualquier esquina del cuarto veía murciélagos que goteaban sangre y seres metamórficos que se volvían cucarachones. Y moscas macrocefálicas. Y tarántulas que chorreaban un líquido espumoso por las paredes. El cansancio lo venció a las tres de la madrugada, y la verdad es que no tengo ni idea de lo que soñó Teodoro aquella noche.

Rosa se levantó llena de bríos, se peinó sus bucles amarillos, se puso sus ojos verde-amarillos y preparó el desayuno de sus hijos y de su marido. Los niños no se acercaban mucho a su madre. Tal vez no comprendieran, porque eran muy chicos, que Rosa necesitaba un gran cambio en su vida: un cambio de *look* como mismo hacían los artistas de vez en cuando.

—Mami, ¿ves bien? —preguntó Rosalinda con inocencia.

—Claro que veo bien. ¿Por qué, mi'ja?

—Porque...

—Arriba, que ya tienen que irse a la escuela —interrumpió Teodoro antes de que la sinceridad de los niños diera al traste con la ilusión de Rosa de parecerse a Kim Basinger o a Sharon Stone. Teodorito dio un beso a su madre e intentaba descubrir si en verdad ella veía bien.

—¿Qué cosa tan estúpida haces, niño? Quítate ese pedazo de jitomate de la nariz —dijo Rosa a Teodorito.

—¿Entonces no estás ciega...? —gritó el niño.

—Y dale la burra al maíz —se molestó Rosa—. Váyanse con su padre y déjense de malcriadeces.

Los cuates dieron un beso a su madre y le prometieron portarse bien.

—A ver si es verdad esta vez. Si tengo una sola queja de ustedes... una solita... no van a ver televisión hasta que se me quite el coraje.

Alma Rosa y Gota de Rocío se veían simpatiquísimas. Cargaban unas mochilas casi más grandes que ellas. Alma Rosa apenas estaba en primer grado pero aseguraba tener más deberes escolares que sus propios hermanos, por eso llevaba lápices de colores, libros para colorear, calcomanías de caballitos rosaditos que su madre le compró y un sinfín de cosas más. Gota de Rocío, que iba al kínder, llevaba la bolsa llena de *Barbies* y tres *Powerpuff Girls*, pero lo que nunca faltaba en su mochila era un frasco de jalea de fresa. ¡Le encantaba! ¡Le encantaba embarrar los asientos, y a los demás niños, con aquella jalea pastosa, hasta que su madre se enteró y comenzó a revisarle la bolsa diariamente. Quería verificar que Gota de Rocío no llevara ningún frasco a la escuela. Esta vez, Rosa encontró en uno de los bolsillos nada menos que el frasco de mayonesa.

—¡Qué manías tiene esta escuincla! —protestó la madre al descubrir la mayonesa en la mochila de su hija más pequeña.

Después que Teodoro y los niños se fueron para la escuela, Rosa preparó el almuerzo lo más rápido que pudo y le cambió el *pamper* a Cristian Alejandro. Ya a las 12.00 p. m., Rosa estaba lista para empezar su tanda de telenovelas. Pero en mala hora se le ocurrió mirarse al espejo. Notó que, si bien era cierto que podía alardear de un pecho complaciente, jamás podría llamar la atención de los transeúntes como sí lo lograban las presentadoras de televisión. Ellas gozaban de una impresionante salud. De una pechonalidad intachable. Parecía que fuera necesario portar una buena talla de sostén para plantarse ante las cámaras, o al menos un cuerpo curvilíneo y bien proporcionado. A Rosa no le

caían mal las muchachitas que animaban los programas, pese a que sus figuras tenían toda la intención de
acomplejar a cualquiera. Pero sintió urgencia por imi-
tarlas. Teodoro estaba bien como estaba. Si no clasificaba para galán de telenovela, pasaba como presentador
de televisión. Los presentadores eran simples alfeñi-
ques al lado de sus compañeras, aunque muy chisto-
sos, eso sí. Lo que realmente le preocupaba a Rosa era
la comparación que pudiera hacer su marido, o cualquier hombre, entre las presentadoras y ella. No más
había que ver la cara que ponía Teodoro cuando una de
esas rollizas chicas salía al aire, con sus tetas también
al aire. Los descomunales escotes de las jóvenes hacían
que Teodoro quisiera adivinar cuál era la pieza que
faltaba en aquel par de prominentes rompecabezas.

Rosa decidió entrar al salón de operaciones para
hacerse un implante de silicona. Contaba con el apo-
yo siempre incondicional de la comadre Lupe, quien
se ofreció gustosa para acompañarla y prestarle unos
ahorritos. Pero Rosa se retractó. La operación costaba
lo que ni ella ni Lupe tenían, y temía, además, que la
migra la sorprendiera *in fraganti*. Rosa se horrorizó ante
la idea de que luego saliera en las noticias: "Inmigrante
indocumentada es sorprendida cuando intentaba ponerse tetas plásticas". Así que tomó el camino más corto: rellenó el *brassiere* con almohadillas, se compró blu-
sas escotadas y se apretó el sostén hasta lograr el efecto
deseado: masas expuestas y pezones encubiertos.

Teodoro y los niños creyeron que Rosa estaba
en la frontera de la locura. Trataron de rescatarla a la

normalidad, pero Rosa ofreció resistencia y defendió su derecho a ser ella misma:

—He decidido ser otra y seré otra. Tendrán que aceptarme como soy y punto.

—Pero, Rosita, si tú no eres así. Me gustabas más con... —Teodoro se tragó las palabras al ver la cara de su mujer. Temía ser estrangulado si terminaba de decir lo que ella adivinaba que él iba a decir.

—Mamá, ¿qué te pasó ahí? ¿Te picaron las abejas? —dijo Rosalinda con fingida inocencia y apuntando sin disimulo al pecho de su madre.

Rosa hizo caso omiso a las burlas de todos. En el fondo, ellos seguramente la admiraban por ser ella misma. Así que cambió de canal hasta dar con su programación favorita.

Entre fragmento y fragmento de telenovela, tomó notas de un curso para aprender inglés que parecía estar buenísimo; ¡era en español! Sí, aunque les parezca raro, era en español. Para que vean lo adelantadas que están las cosas en los Estados Unidos. Rosa ordenó el curso de inmediato para poderse ganar el regalo que le iban a dar a las cincuenta primeras llamadas. ¡Y se lo ganó! Era un cupón de rebaja para comprar en *Greengoland*, su tienda favorita. Qué suerte había tenido Rosa. Lástima que no pudiera ver el curso porque no tenía video. Pero eso fue lo próximo que Rosa se propuso comprar.

Los cambios en Rosa se sucedían de manera veloz y atropellada: llenaba *aplicaciones* —que son planillas de solicitud pero gringas— para obtener todas las tarjetas de crédito habidas y por haber, jugaba lotería con los números que le recomendaban por televisión, escribía a los programas para participar en tómbolas maravillosas y se suscribía a las revistas donde aparecían artistas famosos.

También decidió hacer dietas rigurosas porque eso de ser gorda estaba fuera de moda. Pero, o la pesa estaba rota, o Rosa no rebajaba ni un quilo. Así que se fue a hacer aeróbicos como le recomendó la comadre Lupe, quien jamás había puesto un pie en un gimnasio pero que había oído decir en la tele que era algo fantástico para mantenerse en forma. Y en el gimnasio conoció a Mileidi, una cubana buenagente que llevaba un montón de años en los Estados Unidos y ya se sabía de la A a la Z. Nadie le hacía un cuento.

La amistad cuajó bien desde el principio. Mileidi tardó poco en invitar a Rosa a su casa. ¡Qué casa, Dios mío! Un primor de casa. Rosa sintió que entraba a una casa de telenovela. Los muebles eran antiguos y dorados. Había cuadros de cisnes por todas partes, cisnes que también eran dorados como los muebles, o plateados, ¡o rosados!... ¡qué belleza! La alfombra —según dijo Mileidi en salteadas ocasiones— era persa de Persia, y aunque Rosa no sabía la diferencia entre una alfombra persa y una que vendieran en la calle Kalibur, sí pudo notar que aquella alfombra era una maravilla y hasta consideró que podría volar en ella como Aladino.

En la sala de la casona de Mileidi había lámparas de varios pisos de las que colgaban lagrimones de cristales multicolores, y había vitrinas con platos de porcelana china y copas de bacará y figuritas de *biscuit* y bandejas de plata... y también había consolas con bases de mármol rojo y apliques y espejos y abanicos de plumas y sombreros de ala ancha y estatuas de bronce y columnas griegas... ¡qué clase de casa, señores...! Rosa jamás creyó que ella pudiera entrar alguna vez en su vida a una casa como la que estaba viendo en esta parte de la novela.

Mileidi disfrutaba y se relamía de gusto con la admiración de Rosa frente a los objetos. No por gusto había empeñado hasta a su mismísima tía Angelina con tal de tener todas aquellas extravagancias importadas, cuyo único sentido era, justamente, el de lograr dejar a todos los visitantes boquiabiertos ante el refinamiento, gusto y elegancia de la poseedora de tamañas reliquias.

—¡Son de verdad! —exclamaba Rosa, quien por instantes creía que tal vez todo era un montaje escenográfico.

Mileidi respondía a los elogios con una sonrisa burguesa... de hamburguesa. La sonrisa burguesa de hamburguesa ya ustedes seguramente la han visto. Es algo así como una sonrisa de medio lado, como que sí como que no, larga y lenta como la de un reptil, pero que en resumidas cuentas trata de decir: "tener dinero es lo más común, trivial y cotidiano que hay en mi vida, imbécil". Pero quienes así sonríen, ténganlo por seguro, han empeñado el c... en fin, que los que sí tienen y han tenido toda su vida no sonríen de medio lado, sino de oreja a oreja.

Rosa comprendió que Mileidi era una señora de alcurnia y abolengo como las que salían en las telenovelas y se sintió inmerecedora de tan distinguida amiga. Lo que más sorprendió a Rosa fue la ausencia de una tele en la sala. ¿Estaría rota? Pero no, no estaba rota... ¡estaba en otra sala! A Rosa casi se le saltan las lágrimas de la emoción al ver allí, en aquella otra sala de la casa de Mileidi, todopoderosa y celestial, dueña de sí misma y de su estructura de 72 pulgadas, a la tele. Una sala para ella sola, ¿se imaginan?

—Parece un cine. ¡Qué grandota y qué chula está! —gritó Rosa al reconocerla.

La satisfacción que las palabras de Rosa produjeron en Mileidi fue tal, que a la señora de abolengo se le escapó decir "que aunque los pagos mensuales eran altos, valía la pena haberla comprado a plazos".

En una terracita llena de plantas, algunas naturales y otras plásticas, se sentaron Rosa y Mileidi a conversar sobre temas trascendentales.

—¿Sabes qué fue lo que pasó ayer a las tres de la tarde con Dolores Rosa Eugenia Montes de Oca? —preguntó Mileidi.

—Ay, mi'ja, eso pasó hace ya como dos años. La mató Romualdo Monzón. La tiró de la habitación 13 del trigésimo piso del hotel Refugio, ¿no viste ese capítulo? Estuvo buenísimo.

—No, no. Yo no digo en la telenovela, sino en "Con la mano en la masa" —corrigió Mileidi—. Creo que la mataron de una pedrada en la cabeza.

—Ay no, ese capítulo no lo vi. Seguro fue cuando Teodoro llegó borracho aquel día que...

—No, chica, no fue en ningún capítulo. Fue de verdad. Salió en las noticias —insistía Mileidi batiendo sus pestañas postizas a gran velocidad.

Rosa se quedó muda. No sabía cómo debía seguir la conversación. Ella se había perdido los acontecimientos del día anterior porque aprovechaba el momento del noticiero para hacer la cena.

—Resulta que un loco de esos que andan sueltos por ahí... sí, porque hay más fuera que dentro, como decía mi abuela materna que todavía está en Cuba, la pobre. Sí, porque nosotros somos de Camagüey y teníamos cantidad de tierras y una tiendas de... Bueno, a lo que iba, resulta que un tipo le metió una pedrada en la cabeza a la actriz que hizo de Dolores Rosa Eugenia Montes de Oca y la gente no intervino porque creyó que era parte de alguna filmación.

—¡No me digas! —dijo Rosa, abriendo mucho los ojos para que Mileidi se percatara de cuán verdes eran—. ¿Y entonces...?

—Nada, que la mataron por segunda vez. Dicen que al tipo lo agarraron y lo metieron tras las rejas. El pobre, es que él le tenía tremendo odio a la mujer esa por todo lo que ella le hizo durante ciento cincuenta y cuatro capítulos a la infeliz de Rosa Margarita Abril Primaveral.

—La verdad que sí, mira que era mala esa mujer... —comentó Rosa, al recordar la vez que Dolores Rosa Eugenia Montes de Oca regó por ahí tremendo chisme sobre la dudosa virginidad de la pobrecita Rosa Margarita Abril Primaveral—. Ella mismita se lo buscó.

—Tampoco así. Era una actriz y alguien tenía que hacer de mala, ¿no? —la defendió Mileidi parcamente.

—Pero se pasó de mala. Para mí que sí era mala de verdad. ¡Es que una persona buena no podría hacer esas cosas, mi'ja!

—Oye y por cierto —dijo Mileidi girando en U—. ¿Viste qué descarado el marido de la Estefanía?

Rosa se frustró de haberse perdido tantos espacios televisivos, pero Mileidi la tranquilizó cuando le dijo que ella se enteró de la noticia por Corazón de Miel, una de esas revistas lindas que traen todo sobre la vida de los artistas y las princesas. La revista era vieja pero Mileidi jamás miraba la fecha de las revistas que le mandaba su sobrina Leidilaura desde España.

—Se las trae el tipo —comentó Mileidi para despertar la curiosidad de su interlocutora.

—¿Qué hizo? —preguntó Rosa, obviamente.

—Si me lo encuentro soy capaz de caerle a puñetazos por sinvergüenza y degenerado. Mira que hacerle eso a la pobrecita de Estefanía. Nada menos que con una cualquiera. La verdad es que ella es boba si lo perdona. Lo que es yo, lo mando a...

—No me la hagas de emoción, ¿qué hizo ese hombre?

—Le pegó los tarros a la princesa Estefanía, chica. Hasta le tomaron fotos con la tipa en una piscina.

Estaban como Dios los trajo al mundo. Encueros en pelota.

—¿Encueros en la alberca? ¡Qué hijo de mala madre!

La conversación tomó vericuetos, cortó camino, agarró veredas y finalmente se rompió con unas palabras mágicas.

—Oye, me encantó estar en tu casa, pero ya va a empezar "Capullo de Rosa", y además dejé a Cristiancito con mi comadre. Ya tengo que darle la comida. Tú sabes que él perdió su piernita, ¿no?

Quedaron en verse más seguido, y Rosa salió apuradísima para casa de la comadre Lupe. Allí no solo la esperaba Cristiancito hecho un mar de lágrimas, sino los otros seis niños que se peleaban y gritaban como de costumbre. Rosa le dio las gracias a Lupe y Basilio por la paciencia que habían tenido, y caminó tres puertas hasta llegar a su apartamento. Allí, se tiró de forma abrupta sobre el sofá de *vinyl* rosado con forro de nailon tornasolado, apretó robóticamente un botón del control de canales y lanzó al techo un grueso suspiro.

Rosa estaba feliz. Desde que decidió ser rubia de ojos verdes su vida había cambiado. Era la única güera en la familia. Su esposo y sus siete hijos eran demasiado morenos.

Teodoro se fue acostumbrando a su nueva mujer y ya no le tenía miedo por las noches. Rosa también se fue acostumbrando a la idea de que su marido nunca iba a cambiar y que tenía que aguantarlo tal y como era. No le quedaba de otra. Aunque, quién sabe si en uno de esos programas donde ponen a la gente a hablar y el público hace preguntas, su Teodoro quisiera cambiar... Rosa consideró entonces la posibilidad de llamar por teléfono a un programa de esos cuando anunciaran un tema bien chingón.

Teodorito estaba cada día de peor humor. Se trancaba en el cuarto y se quedaba horas y horas frente al televisor. Siempre discutía con sus hermanos por el control de la tele hasta que Teodoro y Rosa pusieron fin al asunto. Compraron otro televisor. Uno para Alma Rosa, Gota de Rocío, Alfonso Enrique, Francisco Javier y Rosalinda, y uno pequeño para Teodorito. Después de todo, era el hijo mayor. Además era un niño bueno y de buenos sentimientos que lo único que hacía era ver televisión y no andaba por ahí, mataperreando, como los hijos de las otras. Ni Rosa ni Teodoro podían quejarse de Teodorito, quien para más mérito, hablaba un inglés retebonito. Bien que se merecía un televisor para él solo.

Con la ayuda de Mileidi, Rosa consiguió un trabajo que prometía hacerla millonaria en poco tiempo. No tenía que saber inglés ni tener ningún estudio... y tampoco le pedían los papeles. Todo era cuestión de hacer demostraciones en su apartamento y reunir a unas cuantas comadres para que compraran adornitos para sus casas. Tampoco le exigían que dejara de ver sus telenovelas favoritas. Ella podía elegir su horario de trabajo y hacer la demostración a la hora que le diera su real gana. Mileidi le prestó su casa para que

hiciera la primera demostración, porque Mileidi era re-
tebuenagente y se lo pasaba ayudando a todo el mundo
—y el Padre Jesús Antonello siempre decía que Mileidi
era una cristiana ejemplar porque daba generosas
donaciones a la iglesia.

Rosa logró vender tres jarrones de cristal, dos
angelitos de pared, un cuadro de la Virgen, una jabone-
ra plateada con un rosetón empotrado en una esquina
y una calabaza de yeso para el día de *Halloween*. Para
ser la primera vez, la verdad es que no estaba nada
mal. Hasta pudo escoger un regalo gratis para su casa.
Rosa se enamoró de un televisorcito en miniatura. ¡Lo
pondría encima del televisor de la sala!

Con aquel trabajo, Rosa llegaba a ganar a veces
hasta más que el propio Teodoro, aunque solo le reportaba parte de las ganancias. No quería que su pobre
marido se sintiera menos.

Pero Rosa quería otra cosa...

Aquí les va la lista de la cantidad de cosas que
quería Rosa para emprender un nuevo estilo de vida
que la desarraigara de la vida rutinaria, migratoria y
de tortilla casera que había llevado hasta el momento. Quería un video para ver sus casetes de video con
clases de inglés. Así podría entender las telenovelas
que pasaban por los otros canales. Quería también un
barbecue para asar carnitas como lo hacía Mileidi en
el patio de su casa, aunque lo que asaba Mileidi eran
chuletas de puerco. Quería la colección entera de las
revistas Romance, Telenoveleando y Cosas de mujeres,
y ponerlas todas en una gran cesta de mimbre —o de

plástico que pareciera mimbre— al lado del sofá, y unas cuantas en el baño, como las tenía su amiga Mileidi. Quería leer —sí, así como lo oyen, digo, como lo leen—, quería leer novelas de Dulce Rosa Almíbar Santacruz, una escritora que sabe cómo hacer llorar y que es capaz de sacar un hijo bastardo cuando menos uno se lo imagina. Quería practicar yoga y técnicas de concentración astral (y claro que además quería un psicólogo para contarle la mala suerte que había tenido una mujer sensible y soñadora como ella al casarse con el papanatas de Teodoro, uno de esos maridos al que solo le importa trabajar y hacer cochinadas en la cama). Y para acabarla, quería una mascota... pero no una *poodle* con un enorme lazo rosado en la cabeza como Chichí, la perrita de Mileidi, sino un perro grandote y lanudo al estilo de los que cazan perdices en los campos escoceses y que suelen merodear a príncipes y princesas. Y hablando de princesas, Rosa también quería ser como Lady Di, porque por muy desafortunada que hubiera sido la princesa en sus amores con Carlitos Gardel, digo, con Carlitos de Gales, había sido afortunada en todo lo demás. Lástima que un accidente idiota terminara con tan brillante carrera de princesa. Por ahora, eso era lo que quería Rosa. Ah, se me olvidaba, también quería tener dos televisores más, uno para la cocina y otro para el baño. Es que cuando Rosa tenía que cocinar... o hacer otros menesteres que solemos hacer todos, nos guste o no decirlo, se perdía un beso amelcochado o una infidelidad entre los personajes de las telenovelas. Teodoro consideró que un televisor en el baño era francamente exagerado, pero también pensó que era mejor tener a una mujer feliz que a una mujer con peritonitis. Rosa era capaz de postergar la más urgente diarrea antes de perderse una reconciliación entre Rosa Aurora Miraflores y Luis Enrique Versalles.

Teodorito fue el que más contento se puso con el video que compraron sus padres. Ahora podría ver películas y películas y películas... sin que sus padres lo vieran. Ya había visto algunas de esas películas que están prohibidas para menores pero que son dirigidas precisamente a ellos. "¿A qué adulto le iba a interesar ver lo que ya sabía hacer de sobra?", pensaba Teodorito. Y sus razones tenía.

Francisco Javier y Alfonso Enrique se lo pasaban peleando con su hermano mayor. Ellos querían ver películas donde los carros explotaban ¡PUM!, los aviones reventaban ¡PAM!, las bombas estallaban ¡BOMB!, los rascacielos se derrumbaban ¡PRIPAF!, los asesinos o robots arrancacabezas degollaban o TRACA TRACA TRACA con una ametralladora semiautomática, y donde la gente se rompía en pedacitos chirriquititos o se deshacían como gelatina. ¡Qué divertido era ver el mundo hecho trizas en un santiamén!

Y no es que a Teodorito no le gustaran aquellas películas que tanto fascinaban a sus hermanos gemelos, ¿a qué niño de diez años no le gustan?, pero prefería ver cómo el tipo enmascarado violaba a una rubia despampanante —una rubia con cara de niñita que no rompe un plato pero que carga un par de tetotas gigantes comprimidas bajo un *brassiere* negro de encaje. ¡Y las cosas que le hacía el tipo...! ¡Y las cosas que ella se dejaba hacer... mientras gritaba NOOO, NOOO!

A Rosa ni le pasaba por la mente que el bueno y tímido de Teodorito estuviera viendo semejantes glándulas mamarias. Ella juraba que su hijo mayor vivía obsesionado con Pinocho, El rey león y La Bella Durmiente.

Aun así, los televisores siguieron poblando el hogar de la familia Barril. El del baño era el más pequeño y fue ubicado sobre una mesita plástica —que combinaba muy bien con la cortina rosada— en una posición muy ventajosa para el televidente.

Rosa era casi feliz. A cualquier punto que mirara, podía ver sus telenovelas... esos besos... esos abrazos... esos apapachos... esos arranques de pasión desmedida que atravesaban de lado a lado, con una flecha orlada de rosas y lágrimas, el corazón rojo punzó de Rosa. Pero aún faltaban algunos cambios para que la dicha de la protagonista de esta novela fuera total. ¡Los papeles!

Y aunque no me lo crean, Teodoro logró pasar a la legalidad temporal gracias a un permiso de trabajo. Fue tanta la alegría por la noticia, que hasta Rosa tragó buches de tequila aquel día y no se opuso a que los niños se dieran su tequilazo. Por fin Teodoro servía para algo más que romper colchones y partir las patas de la cama con sus excesos sexuales. Rosa marcó la cara de su esposo con par de siluetas de pintalabios por todas partes: sobre el bigote, a un costado de la nariz, en los párpados, en el mismo centro de la frente, en la barbilla, detrás de las orejas, en el cuello... y por ahí, no perdió impulso. Ahora todo era cuestión de esperar un tiempo para acogerse a una amnistía, y listo. Finalmente, Rosa y sus seis hijos nacidos en Michoacán, podrían andar como si tal cosa por el mismo centro de la plazita Olvera, sin tener que estar mirando para todos lados, huyendo y huyendo de la migra. Cristiancito Alejandro, por suerte, era americanito y estaba a salvo. Al menos, eso creía Rosa.

Ya Rosa estaba suscrita a un montón de revistas del corazón. Tenía un monedero monísimo repleto de tarjetas de crédito y otras tantas tarjetas que aunque no usaba, lucían muy lindas cuando abría la cartera. Tenía una mascota que aunque no era galgo, ni perseguía perdices por los campos escoceses, daba gusto verlo dar vueltas por el apartamento. Le pusieron Capullo de Rosa —como el título de una de las telenovelas más queridas de Rosa— porque aun para ser chihuahua, era demasiado pequeño. Rosa tenía también un video, una grabadora doblecasetera, un *barbecue*, unas cuantas novelas de Colorín Colorado que le había regalado la buena de Mileidi, un horno microondas, e infinidad de adornos que había adquirido desde que trabajaba haciendo demostraciones. Vender objetos decorativos para el hogar resultó ser un oficio apasionante para la protagonista de esta novela.

Rosa se hundía en su sofá de *vinyl* rosado con forro de nailon tornasolado y pensaba en lo que diría la María Oliva si la viera. La suegra también tendría que enroscarse la lengua con un nudo y tragarse sus propias palabras si contemplara los notables progresos de la familia Barril y lo mucho que había contribuido Rosa a la armonía del hogar. Con un marido que ya tenía papeles, siete hijos sanos y de buenos sentimientos, cinco televisores obedientes que participaban, como un miembro más, en todas las decisiones de la familia, y un perro chihuahua cuya lealtad estaba probada (¡veía telenovelas junto a su dueña!), ¿quién se puede quejar?

Durante un tiempo las cosas marcharon sobre ruedas, hasta que a Rosa se le ocurrió reflexionar sobre el significado de su nombre. Y ocurriéndosele ocurrencias, se le ocurrió que su nombre era poco ocurrente, demasiado común, demasiado vulgar, lo tenía demasiada gente y designaba demasiadas cosas (una planta, un color, una persona, una canción, una novela, una telenovela). Además, y en eso estoy de acuerdo, ella ya no vivía en México. Allá la gente pronunciaba Rosa como mismo pronunciaba "buenos días", "gracias a Dios" o "que le vaya bien". Pero ahora Rosa vivía en otro país bien distinto y diferente, donde algunos logran decir Rosa, tal cual, pero otros se las traen con el nombrecito; dicen: Rousa, Rous, y hasta Rusa. Así que Rosa, tan sensata como siempre, optó por cambiarse el nombre y ponerse uno en inglés para que todos lo pudieran pronunciar sin dificultad. ¿Que qué nombre escogió? Bueno, fue difícil. Había muchos que le gustaban: Chugar, Beiby, Pritiguoman, Leididí (el que le sugirió su amiguísima del alma, Mileidi); pero sin duda el predilecto de Rosa era Suit Rous (que en inglés quería decir Dulce Rosa). Teodorito intentó persuadir a su madre de que el nombre no se escribía así, sino *Sweet Rose*, y que lo que ella había escrito podría confundirse con "filas de trajes". Pero Rosa insistía en que los nombres son para decirse y no para escribirse y que a ella le gustaba escribir las cosas como mismo las oía. Teodoro opinó que aquello era una reverenda locura y que el nombre de Rosa era mucho más bonito...

—Claro, tú lo dices porque te llamas Teodoro —le gritó Rosa—. ¿Qué otra cosa puedes decir? Tú naciste Teodoro y te mueres Teodoro. Pero yo no voy a dejar correr la vida como tú, que no mueves un dedo por cambiarla y todo lo dejas a la buena de Dios. Yo no, ¿me oíste? Yo soy una mujer moderna y que se da a respetar y que tengo mis sentimientos y mi sensibilidad de mujer y que necesito, óyeme bien, necesito, porque soy un ser humano, de la consideración, el aprecio, el cariño y el respeto de mis conciudadanos —Rosa respiró y tomó impulso otra vez—. Y no voy a permitir bajo ningún concepto que me humilles y me desprecies y me demerites y destroces mi autoestima y me hagas añicos y me desgarres el alma y me partas el corazón en mil pedazos y...

—Pero, Rosa, si yo...

—Tú eres igual que todos los hombres —lo interrumpió Rosa, que intentaba recordar alguna otra parte que hubiera escuchado en televisión y que se ajustara más o menos a la discusión que sostenía con Teodoro—. Ah, ya. Y además eres un ser despiadado, desalmado y desconsiderado que ha jugado con mis sentimientos sin compasión.

Los niños observaban la escena y sentían admiración por el excelente desempeño histriónico de su madre. Aquello era como una telenovela en vivo. Lástima que Teodoro no lo comprendiera e insistiera en seguir siendo algo tan simple como un simple Teodoro.

Como siempre, la discusión se esfumó cuando se escuchó, en estéreo y desde todos los rincones de la casa, la canción tema de "Capullo de Rosa".

(Corte comercial)
Toma *Tecni-Cola* y vive la *vida loca...*

IMAGEN: Muchacho debilucho está apartado de un grupo. Los jóvenes se ríen y se burlan de él. Las chicas ni lo miran. Al pobre chico se le ve destruido emocionalmente. Trata de hacer chistes, de ser amable y amigable, de estar a la moda... pero nada funciona.

SONIDO: Canción: "La vida no vale nada".

VOZ DEL LOCUTOR: *Si estás débil, si eres estúpido, si nadie te hace caso, si eres el más bombita de tu grupo, si ni las feas te miran, si te tiras pedos en público, si sacas malas calificaciones, si la maestra la tiene agarrada contigo, entonces pégate un tiro, digo, TOMA TECNI-COLA.*

TECNI-COLA es tu refresco. Claro, sí, por supuesto, quién lo duda, indiscutiblemente: TECNI-COLA.

TECNI-COLA no es tan idiota como los refrescos de la competencia. No es una simple latita que te quita la sed, ni mucho menos. TECNI-COLA es mucho más. TECNI-COLA es un refresco TECNOlógico, TECNIcolor, TECNOcrático y TÉCNIcamente elaborado con los ingredientes más modernos de los Laboratorios TECnitrán.

IMAGEN: El muchacho debilucho toma TECNI-COLA, y las burbujas le salen por los oídos, por los cabellos, por los poros y por… todas partes. De pronto, un efecto de imagen lo convierte en el tipo más atractivo y más popular que televidentes humanos hayan visto. El chico se va de juerga, siempre acompañado de una TECNI-COLA, por las calles turbias de Nueva York. Allí se le pega todo. Se le pega el dinero, se le pega la fama, se le pegan las chicas, se le pegan, por qué no, los chicos y, de paso, se le pega una que otra enfermedad de moda. Vamos, que se vea claramente, que el tipo tiene pegue, gracias a que ha decidido tomar TECNI-COLA.

SONIDO: Canción del *hit parade*: "Vive la vida loca".

VOZ DEL LOCUTOR: *TECNI-COLA es tu pase a la felicidad eterna. Con TECNI-COLA resolverás todos tus problemas. Si eres alcohólico, toma TECNI-COLA. Si no te ganas la lotería, toma TECNI-COLA. Si tu mujer se va con otro, toma TECNI-COLA. Si quieres ser rico y famoso, pues TOMA TECNI-COLA.*

¡Y mientras más TECNI-COLA tomes, más tecno-cólico serás!

Rosa
suspira y llora

—¡No puede ser. No puede ser! —gritaba Rosa a moco tendido—. Pero, ¿por qué hay tanta crueldad en el mundo, Dios mío?

Rosa observaba, entre dos cojines verdes de su sofá de *vinyl* rosado con forro de nailon tornasolado, como José Andrés Ciprés volvía a llevarse por enésima vez a su VERDADERO hijo, de manos del falso padre, Facundo Roble. Como en ocasiones anteriores, Rosa Magdalena Carbajal lloraba, gritaba y se jalaba sus hermosos cabellos blondos, como madre al fin, para que el amor de su vida no le arrebatara el fruto de aquel amor prohibido e imposible: su hijo querido e inocente e ingenuo e inofensivo.

Aunque Rosa ya sospechaba todo lo que iba a ocurrir, era difícil contener su llanto y desesperación. Cristian Alejandro miraba a su madre asustado mientras intentaba succionar la leche de la mamila rosada con ribetes dorados que esta le había comprado. Rosa apretó a Cristiancito contra su pecho y lo acarició con ternura.

—Nunca permitiré que nadie te lleve de mi lado, Cristiancito —decía Rosa con sus lentes verdes empañados de lágrimas—. ¡Nunca! ¡Nunca!

Después de las dos telenovelas siguientes, Rosa aún no lograba superar su dolor. Teodoro ni siquiera hizo el intento de proponer una guerra fratricida sobre el colchón con el justo propósito de eyacular el hambre que se lo venía comiendo por dentro. Hubiera sido inútil. Su mujer usaría su petición como pretexto para desahogar sobre él toda su furia de madre herida. Le magullaría la barriga, le sacaría otra vez en cara lo de los pedos y le lanzaría por la cabeza pedradas de improperios. Teodoro, que de bobo no tenía un pelo —"sino muchos", dirá alguien que está chingando—, se fue derechito al baño y sin gran esfuerzo, se alivió las ganas.

A la mañana siguiente, Rosa fue a las clases de yoga que tomaba con un ex monje tibetano radicado en Los Ángeles desde hacía más años que Tutankamen. Fuera cual fuera el origen del viejito, envuelto como un tamal entre sábanas de antigua pulcritud, el caso es que tenía aspecto de saber mucho de yoga y a Rosa le inspiraba confianza (aunque lo único que ella hiciera durante su media hora de clase fuera cruzar las piernas y pensar en los capítulos de las telenovelas del día anterior, que por cierto, se habían quedado en la mejor parte).

A la salida, los músculos de Rosa estaban aún

más engarrotados que cuando entró a su rutina de relajación pero —oh, sugestión divina— Rosa pensaba lo contrario. Mileidi la alcanzó en la puerta y le dijo que la invitaba a un café bien cubano, y Rosa que no, y Mileidi que sí, y Rosa que no, que tenía que irse corriendo para su casa, y Mileidi que sí, chica, que vamos, que no se hiciera de rogar, y Rosa que bueno, que ya que insistes, que está bien, pero solo un ratito, fíjate.

El ratito se estiró, como era de esperar, y Rosa y su amiga estuvieron ocupadísimas con una conversación sencillamente impostergable: los preparativos para los 15 de la hija de Mileidi. La niña ya era una mujercita y Mileidi hablaba de ella en frecuencia modulada:

—Es un ángel, Rosa. No porque sea mi hija, pero la verdad es que la niña se da a querer. Es un primor. Me saca buenas notas y yo no le puedo pedir más. De novios, nada por ahora. Está muy chiquita para esas cosas. Ya llegará la hora de separarnos y tendrá que ser con un hombre que la merezca. Ni su padre ni yo vamos a permitir que se vaya con el primer pelagatos que la pretenda. Le estamos preparando una fiesta por todo lo alto.

Rosa escuchaba a su interlocutora con atención e imaginaba a una jovencita güerita, ojiazulita, inocentita, tal y como el amor de madre podría pintar a una hija. Pero lo que se apareció por la puerta discrepaba mucho de la versión de Mileidi y de la imagen de Rosa. Era un ser inmensamente redondo y grasiento, de piernas cortas y torpes, cabellos lisos hasta los hombros y ademanes exagerados. Saludó en un dialecto juvenil que se parecía al inglés.

—Es mi hija —dijo Mileidi, reprimiendo su excesiva dosis de orgullo materno—. ¿Verdad que es un encanto?

Podrán criticarle lo que sea, pero Rosa tenía demasiado tacto como para decir que "no" en la propia nariz de Mileidi.

—Un encanto —repitió Rosa sin convicción.

Aquel torpedo ambulante se llamaba Litelprinces y era hija única. Rosa se preguntaba cómo aquella criatura circular tenía la tamaña osadía de celebrar sus quince años vestida de ángel celestial. La idea había sido de su madre, por supuesto, quien primero había considerado vestirla de hada, de Caperucita Roja y de princesa, hasta que por fin se decidió por un traje de ángel. La joven parecía estar de acuerdo. Hasta ensayó delante de Rosa un pasillo del vals.

—¡Salió a mí, en eso del baile salió a mí! —gritaba Mileidi, dirigiéndose a Rosa con entusiasmo.

Dos meses después, llegó por fin la fiesta de los quince de Litelprinces. Teodoro asistió a duras penas y porque Rosa le prometió una noche de rotundo placer. Los chamaquitos quedaron al cuidado de los compadres.

Fue una noche inolvidable para Rosa. Se celebró en el enorme patio de la casa de Mileidi y del señor Serafín, su esposo. Sobre la hierba había una amplia plataforma de madera rodeada de motivos florales donde sobresalían los gladiolos y las rosas. Todo el patio estaba adornado con cadenetas, bombillos de colores, guirnaldas, cintas doradas y pedazos de algodón que pendían de un hilo y simulaban ser nubes en el cielo. Unos hombres afinaban sus violines en una esquina y llamaban la atención de los presentes porque iban vestidos con largas túnicas azul celeste. Muy pronto el brillo de las lentejuelas de los vestidos comenzó a iluminar el patio. Rosa no deslucía dentro de aquel derroche de lujo y elegancia. La propia Mileidi le prestó un vestidazo que era una preciosidad, color rosado anacarado, con cinco vuelos de encaje ribeteados con hilo dorado y un par de mariposones relucientes a cada lado. Los zapatos eran de terciopelo rosado con un lazo en el centro, y en el centro del lazo, una piedra de cristal violeta. Pero lo mejor era el sombrero francés: una gran rosa abierta hecha con pétalos de seda. Algunos estómagos se estrujaron de envidia al ver a Rosa que zigzagueaba entre los invitados. Y Rosa no pudo evitar un pensamiento impertinente que la perseguía en situaciones como aquellas: si la María Oliva la viera...

Hasta el momento todo había sido mirarse unos a otros de pies a cabeza. De pronto se escucharon unos cornetines. Sí, unos cornetines. Mileidi logró conseguirlos en varias casas de antigüedades, igualitos a los que tocaban los pajes de palacio cuando llegaba el rey tal o mascual. Era el anuncio de que comenzaba la fiesta. Y desde allá, desde el mismo cielo, digo, desde el mismo techo, bajó Litelprinces sujetada por fuertes alambres. Quedó suspendida en el aire y empezó a agitar sus alas emplumadas frente a la vista atónita de los presentes. Mileidi lloraba de emoción. Los invitados casi lloran de miedo de solo imaginar que aquellas trescientas libras pudieran caer sobre ellos. La niña bajaba y se volvía a elevar bruscamente sin dejar de agitar sus alas. Una música de piano colmó la escena. Litelprinces fue bajando poco a poco y al llegar a tierra se zafó las cuerdas que la sujetaban. Hizo una reverencia y de inmediato se escuchó una voz varonilmente radial:

—Señoras y señores, sean todos bienvenidos a esta maravillosa y magnífica y magnánima y grandiosa celebración que tengo el inmenso y enorme y reverendo honor de presentarles a todos ustedes. Nos sentimos embargados de regocijo y colmados de plenitud y henchidos de placer y saturados de alegría y llenos de dicha y abrumados de felicidad en esta noche estrellada donde la luna asoma su faz plateada entre las nubes pardas. Y, sin más dilación y para ser breves, con ustedes, la hermosa y cándida y pura y delicada y amorosa y virginal y elegantísima señorita Litelprinces danzará para todos su vals de quince años.

—¡Qué lindas palabras! —suspiró Rosa, a punto de que una lágrima le echara a perder las capas de maquillaje que le cubrían el rostro.

Los violinistas tocaron para el deleite de todos. Filas de jóvenes comenzaron a danzar y a dar vueltas al ritmo del Danubio azul. Litelprinces casi llevaba al trote a su pobre acompañante, un muchachito paliducho y enclenque.

Mileidi aplaudía hasta enrojecer sus manos. El

señor Serafín observaba el espectáculo con arrogante seriedad, como si su papel fuera ese. Rosa tampoco se perdía un solo detalle y soñaba con los quince de su Rosalinda, de su Gota de Rocío y de su Alma Rosa. ¿De qué las disfrazaría? ¿Qué vestido se pondría ella para la ocasión?

La ceremonia concluyó con quince espumosas botellas de champán, y las tradicionales fotografías: una al lado de los padres, otra al lado de los abuelos, otra al lado de toda la familia, otra al lado de los amigos, otra al lado de Chichí, la mascota de la casa (quien para la ocasión iba vestida con un trajecito rosado y un lazo de encaje blanco), otra al lado de un jarrón de estilo o de una silla de estilo o de algo de estilo (no importa qué estilo), otra junto a un espejo, otra sobre la cómoda, otra en la bañera y envuelta pícaramente en una toalla —que en el caso de Litelprinces debió ser una sábana—, una sentada en el bar de la casa, otra dentro de unas copas o dentro de un corazón, otra —y la que más conmovió a Rosa— junto al espectacular televisor de Mileidi, otra como que estaba hablando por teléfono, otra como que estaba en la playa, otra como que estaba montando una motocicleta, otra como que estaba bajando de una limosina, otra como que estaba siendo coronada... y otras que a Mileidi se le ocurrieron porque no soportaba la idea de que las fotos de su hija se parecieran a las de las demás quinceañeras. De cualquier manera, Litelprinces se diferenciaba a simple vista por sus ostentosas medidas. En total fueron cinco mil fotos en color, mil fotos en blanco y negro, cincuenta cambios de vestidos, y un video del magno evento.

Rosa no paraba de suspirar. Nunca en su vida había tenido la oportunidad de presenciar algo así. Haciendo alarde del lenguaje más exquisito, dejó escapar un suspiro largo:

—Qué candidez, Teodoro, qué candidez...

Teodoro prefirió guardarse su opinión si es que se había formado alguna. La única cosa que lo reconfortaba era la idea de gozar de la noche prometida por Rosa, que resultó ser más divina que una asamblea de ángeles quinceañeros. Ella daba vueltas en la cama como si se tratara de un ovillo loco y permitía que Teodoro se desesperara por enhebrar el hilo. Luego, dócil y felina, dejaba su espalda a la intemperie y se contoneaba lenta y frenéticamente a la vez. Teodoro, febril e impetuoso, aderezaba la espalda de su cónyuge con trozos de ósculos mojados; o lo que es lo mismo, babeaba la espalda de Rosa furiosamente.

—Ay, mi Rosa, mi Rosa, tú sí que eres un ángel —gozaba Teodoro.

Y mientras más Rosa escuchaba tales elogios, mucho más copiosos eran sus derrames de sudor y más acelerados sus jadeos y el gotear de su saliva, hasta que por fin cinco muelles —que vinieron a estallar en las mismas nalgas de Rosa— la hicieron gritar de placer y dolor.

El domingo fue otro acontecimiento en la vida de mi protagonista. El Padre Antonello Jesús destacó la virtud de Rosa dentro del gremio y convocó al resto de los feligreses angelinos a que la imitaran. La misa, como casi siempre, era mitad inglés, mitad español y mitad *Spanglish* (dizque un desastre idiomático defendido por quienes no hablan ni una ni otra lengua). Los niños, especialmente Teodorito, tomaron la misa como el más aburrido programa de televisión. Allí no explotaban carros, no chorreaba la sangre por las paredes, no había monstruos cavernícolas y espaciales y para colmo, tampoco habían mujeres rebosantes de carnes dispuestas a ponerlas en precio. Durante toda la misa, Rosa se la pasó intercalando suspiros de emoción, rezos suplicantes y una que otra lágrima por las palabras que el Padre había pronunciado a su favor, con acalorados regaños y jalones de orejas a sus siete criaturas impacientes. Imposible pedirle ayuda a Teodoro para tranquilizar a los escuincles: cuando a él le daba por roncar era casi una proeza sacarlo del octavo sueño.

Luego de la misa se fueron a comer a un restaurante pequinés porque ya Rosa estaba harta de tacos y tortillas, y su estómago, selecto y exigente, se sentía apto para degustar del arte culinario más exótico. Los muchachos armaron tremendo desmadre con la salsa agridulce. Teodoro se enojó con el mesero porque aparentemente este se hizo el sordo cuando él le pidió salsa picante Tabasco. Cristiancito empezó a chillar en do menor. Alma Rosa halaba la camisa del padre para que este le diera unas monedas. Ella quería jugar en la máquina tragamonedas que contenía muñecos de peluche comprimidos e inapresables. De plano, las pinzas estaban chuecas.

Y después de aquel día, pasaron unos años.

Como podrán imaginar mis dulces lectores, de nada le había valido a la pobre Rosa intentar cambiar su vida, de nada le había servido codearse con la crema y nata de la sociedad, de nada le había servido cambiar de *look* y aprender oraciones completas en inglés. Su esposo se empeñaba en seguir siendo un pedazo amorfo de vulgaridad y sus hijos se volvían cada vez menos obedientes. Las veces que trató de imponer el orden, con gritos a prueba de altoparlantes, fue inútil. Teodorito, que ya era un adolescente, se trancaba en su cuarto y prendía el televisor a todo volumen; Alma Rosa y Gota de Rocío descuartizaban sus *Barbies* con macabro entusiasmo; Cristiancito se golpeaba el pie que le quedaba sano como si quisiera mutilarse completamente; los cuates discutían a viva voz por causa de un videojuego; y Rosalinda no soltaba el teléfono donde, del otro lado, escuchaba las sofocaciones y los jadeos del padre de su amigo Edward, quien le aseguraba que así decía una canción. Rosa pellizcó a su marido en el antebrazo y casi le ordenó que pusiera orden en el hogar, como le correspondía. Teodoro hizo todo su esfuerzo, me consta. Se zafó el cinto del pantalón y la emprendió a correazos contra todos. Luego le pegó cuatro gritos a Teodorito y el niño salió del cuarto como alma que lleva el Diablo:

—*Leave me alone, stupid!* —le gritó a su padre mientras le apuntaba con el dedo.

Teodoro apenas entendió algo de lo que su hijo le había dicho en un inapresable inglés, pero captó lo suficiente como para saber que el chiquillo le había faltado el respeto. La bofetada no se hizo esperar.

—¡Voy a hacer lo que se me pegue la gana y tú no eres nadie para pegarme ni decirme lo que tengo que hacer! —gritó Teodorito con rebeldía amenazante.

—¡Hazle caso a tu padre, Teodorito! —intervino Rosa, elevando aún más la voz—. ¡Es tu padre y le debes respeto! Bastante se ha reventado por ti para que le contestes de esa manera. Ahí como lo ves, tu padre es un héroe, ¿me oíste? Se ha sacrificado por todos nosotros y ha trabajado como un animal para que no nos falte la comida. Sí, niño malcriado, tu padre ha trabajado como un mulo... como una bestia, ¿te enteras?

Teodoro tuvo la sospecha de que su esposa lo estaba defendiendo, pero se atrevió a dudarlo. Para Teodorito, sin embargo, nadie era tan heroico como lo pintaba su madre. Más bien, todo el mundo era una bola de masa anónima, un montón de tripas sueltas y sin nombre que echaban humo mientras apuraban el paso entre los rascacielos angelinos. Los héroes, en su opinión, no caminaban ni respiraban ni iban al trabajo ni tenían *stress*. Los héroes de Teodorito llevaban capas y máscaras, eran altos, fuertes y bien parecidos, podían volar y caer al suelo sin hacerse un chichón o rasparse las rodillas. Su padre era el antónimo del héroe y a Teodorito no le iban a pasar gato por liebre. Así que le daba lo mismo lo que dijera su madre. Sus únicos modelos a imitar vivían dentro del televisor y no en su casa. ¿Quién podría suplir el valor y la astucia de *Batman*? ¿Quién era tan salvaje y fornido como Tarzán? ¿Quién podía trepar por las paredes como *Spiderman*? ¿Quién podía ganar todas las peleas como los *Power Rangers*? ¿Quién podía ser más veloz que un ninja? ¿Y quién podía ser más invencible que *Superman*?

La vez que su madre intentó en vano argumentarle que "fíjate bien, escuincle tonto, tu famoso *Superman* era ese hombre parapléjico que hablaba para una rueda de prensa postrado en una silla de ruedas", Teodorito le gritó a todo pulmón que ella era una reverenda mentirosa y luego se trancó en su cuarto y estuvo tres días sin hablarle. "*They are all* pendejos", pensaba Teodorito frente al televisor. Y es que todos eran criaturas deformes, taradas e imperfectas, comparados con sus héroes perfectos-sin-defectos. Nadie merecía su respeto y mucho menos su admiración. Le importaba un pito lo que dijera su madre y dos pitos lo que dijera su padre. Estaba claro que ninguno de los dos podía volar ni usar capas con poderes sobrenaturales. Ya él estaba mayorcito para que le vinieran con cuentos o le vieran la cara. Allá los mensos de sus hermanos que todavía les creían.

Los tres días siguientes resultaron ser un verdadero desmadre. La situación se le iba a Rosa de las manos. En la escuela, los maestros solo se quejaban y se quejaban de la desobediencia y malos hábitos de los niños. El padre Jesús Antonello, que siempre había tenido para Rosa palabras de elogio, también le hizo saber que ella estaba perdiendo el mando de su hogar y que el demonio le estaba tratando de arrebatar a sus hijos.

Rosa estaba a punto de enloquecer pero jamás iba a permitir que el Diablo le ganara la batalla. Tenía que ahuyentarlo a como diera lugar. Ya el Diablo se estaba pasando de listo y era hora de que alguien lo mandara por un tubo para que fuera a fregar a otra familia.

Lo primero que hizo fue prohibirle a Teodorito los programas para adultos. Desde ahora solo le estaba permitido ver caricaturas. Rosa se sorprendió de que Teodorito ofreciera un mínimo de resistencia. Y es que la mayoría de las caricaturas que él veía eran para adultos y hasta enseñaban, mucho más que las películas, lo que había debajo de la ropa. De modo que los programas llamados adultos terminaban siendo más infantiles que las propias caricaturas.

Lo segundo que hizo Rosa fue obligar al resto de los niños a ver la telenovela con ella en absoluto silencio. Cosa que logró a medias pues el silencio era algo que no estaba diseñado para su hogar.

Y lo tercero que hizo fue prohibirle a Rosalinda hablar por teléfono más de dos horas, por más que le gustara cómo cantaba el padre de su amigo Edward.

Poco a poco, todos fueron entrando en cintura. Incluso Teodoro.

La cosa marchaba más o menos bien hasta que Rosa y Teodoro recibieron una nota urgente de la escuela. Desde hacía cinco días, Teodorito no se aparecía por el salón de clases. Al preguntarle a Teodorito, el niño aseguró, con alevosa inocencia, que jamás había faltado a la escuela y que la directora trataba de inculparlo porque era una tremenda racista. Rosa consideró esa posibilidad y buscó la manera de ponerle una demanda a la directora.

—El niño está mintiendo —aseguraba la directora—. Yo soy incapaz de...

—Sí, claro, qué me va a decir usted —se le enfrentaba Rosa visiblemente irritada—. Pero fíjese bien, mi hijo será lo que usted quiera pero en casa no le hemos enseñado a decir mentiras. No es ningún mentiroso, fíjese bien. Y es un niño muy bueno que no se mete con nadie. Nunca sale de su cuarto y se lo pasa tranquilito frente al televisor. No me venga usted con esas.

Rosa decía la verdad. En casa reinaba la sinceridad como uno de los valores que habían cruzado la frontera hacía cinco años y que había inculcado en sus hijos a fuerza de gritos y uno que otro chancletazo. Sin embargo, la cacareada sinceridad había sido desplazada por los valores que la *tevé* ofrecía gratuita y generosamente y que sin dudas, seducían mucho más que los sermones de Rosa. A Teodorito se le hizo fácil mentir en la misma cara de la directora de la escuela sin sentir un ápice de remordimiento. Sabía que la tendencia social era creerles a los niños porque "los niños no tienen por qué mentir", según había oído mil veces en los juicios que pasaban por la televisión.

El problema se quedó ahí gracias a que la directora, sumamente comprensible y conocedora de los rumbos que pueden tomar los conflictos raciales con un menor, decidió admitir a Teodorito en la escuela como si nada hubiera pasado.

Teodorito se ganó con aquello la admiración de los chicos de la clase. Se había burlado de la directora a sangre fría. Qué importa que no llevara un *jean* Arizona, era un tipo duro de veras. Dorita se atrevió a sentarse a su lado y a mirarlo con cara de gallina a punto de poner. Teodorito sintió que la carne también se le ponía de gallina porque la Dorita lo traía loco desde el curso pasado.

—¿Qui-quieres ir a dis-dis-discotequear co-co-conmigo, do-Dorita? —tartamudeó Teodorito. Quería saber si era cierto que Dorita por fin lo tomaba en cuenta. Las veces anteriores en que se había lanzado con una oferta similar, ella ni lo peló.

—Pero no dejan entrar a niños de trece años, Teo —cloqueó la gallina.

—De-Déjame eso a mí —dijo el gallo, recobrando seguridad y alzando la cresta—. Entonces... ¿siempre sí?

—Bueno —fue cediendo Dorita—, ¿a qué hora vas por mí?

—¿A las ocho está bien?

—Órale, pues.

A las ocho en punto estaba Teodorito hablando con la madre de Dorita: "No se apure, señora, yo soy un hombre". "No se apure, señora, su hija va a estar bien conmigo". "Pierda cuidado, señora, vendremos antes de las doce".

Como el televisor en el cuarto de Teodorito estaba prendido y la puerta habitualmente cerrada, ni a Rosa ni a Teodoro les pasó por la cabeza que la ventana del cuarto de su hijo estaba abierta y que fue justamente por allí por donde se había escapado su hijo. Mucho menos podían sospechar que Teodorito estaba todo emperifollado con una chavalilla de la escuela.

Era la primera vez que Teodorito iba a una discoteca pero ya la conocía por televisión, que como siempre, la presentaba más divertida que en lo que realidad era. El hombre de la puerta les pidió la identificación. Teodorito le dejó caer algo en el bolsillo y los niños se deslizaron hasta la pista sin dificultad. El mismo procedimiento usó con el mesero para que les trajera una margarita y un trago de tequila a la roca. Teodorito intentaba impresionar a la chica con todos los recursos que usaban los tipos duros de la *tevé*. La música los ensordecía y no los dejaba platicar, cosa ventajosa para Teodorito que apenas podía ordenar las ideas en su cabeza. Todos gritaban, poseídos por el ruido y la estridencia. En la pista, los chicos brincaban como changos con comezón, lanzaban alaridos a las luces giratorias, ponían los ojos en blanco y se restregaban unos contra otros como si al frotarse se les quitara el escozor. En medio del empuje-empuje, Dorita y Teodorito intentaron dar sus brincos, pero lo único que consiguieron fue darse pisotones. El escándalo era enervante. El vapor del sudor calentaba el ambiente a 100 grados Fahrenheit. Se escuchaban gritos desgarradores y por momentos, hasta parecía que todos rebuznaban. Teodorito evocó la escena de la película Pinocho donde todos se van volviendo burros en el país de los juegos, y se cercioró de que no le hubieran salido un par de orejas o una cola. Pero de algo le sirvió el bullicio, la algarabía, el desenfreno y la trepidante locura de aquel oscuro recinto: sacó valor para, sin que mediara ni media palabra, incrustar un beso en la boca de Dorita. Lo que no logró fue introducir su lengua y revolcarla por las encías de la chica. La niña apretaba los labios y solo se los dejaba humedecer por fuera. Teodorito desistió y perdonó a Dorita por no haber visto con atención los besos truculentos y lenguados que se daba la gente en las telenovelas y en las películas. La niña tampoco se dejó manosear profundamente, solo por arribita. Pero la insistencia y aparente desenvolvimiento de Teodorito en artes kamasútricas hizo que Dorita sintiera un amor irrefrenable por su co-bailante.

Un tipo alto, grueso y con un brilloso atuendo de plástico negro trataba de convencer a Teodorito de que las pastillas que le vendía eran un batazo para tumbar a su novia y saborearla a su gusto. El chico no supo qué estaba comprando, pero igual lo compró. No quería parecer un chiquillo menso, hijo de Rosa y Teodoro. Quería ser parte de los duros y entonar con el ambiente. Se guardó las pastillas pues dudaba mucho que la Dorita se dejara saborear tan solo por tomarse una medicina.

Cinco minutos antes de las doce, Teodorito dejó a Dorita en su casa, tal y como se lo había prometido a su señora madre y caminó un bloque más hasta la suya. La ventana aún estaba abierta y el televisor encendido. El par de marmotas, Rosa y Teodoro, se habían quedado roncando sobre el sofá de *vinyl* rosado con forro de nailon tornasolado.

Los meses siguientes no registraron ningún suceso relevante, salvo el anuncio de una nueva telenovela que comenzaría a las nueve y prometía estar buenísima. "Rosa selvática", la que por entonces estaban echando en ese horario, ya llevaba seis meses en sus últimas semanas.

Creo que fue un miércoles... Sí, un miércoles 23 de abril del año pasado, para ser exactos, el día en que Teodoro regresó a la casa un poco más temprano que de costumbre e invitó a Rosa a un concierto de un grupo norteño. Rosa se sorprendió pero corrió a la recámara a tirarse algo por encima, no fuera a ser que Teodoro se arrepintiera.

El concierto estuvo retebueno, según el compadre Basilio, y reterromántico, según la comadre Lupe. Para Teodoro y Rosa, el concierto estuvo simplemente retechingón. Los integrantes de aquel grupo norteño iban vestidos como cosacos rusos de principios de siglo, con unas ondulantes capas acrisoladas al estilo francés renacentista, llevaban pelos largos y mustios al estilo *hippie* de los setenta y tocaban una música que ningún musicólogo se hubiera atrevido a ubicar en el tiempo. Decíase norteña, pero era una mezcla de gritos apaches y resoplidos vaqueros con lamentos gitanos y boleros criollos. La letra podría resumirse en una sola estrofa: *vida mía ay ay ay me has abandonado uy uy uy mujer cruel ay ay ay sin sentimientos uy uy uy ya no puedo vivir sin ti iiiiiii ven que me muero oh oh oh oh oh oh oh.*

Rosa estuvo besuqueando a su marido durante todo el concierto por haberla llevado a ver, en persona, a un grupo que seguramente era famoso. Al menos tenía un nombre largo y que ya, de plano, hacía suspirar a cualquiera: "Los herreros del amor perdido".

De regreso al apartamento, Rosa y su marido besaron las frentes dormidas de sus siete hijos, que habían quedado al cuidado de Carlota, una vecina muy amable y solterona. Cuando la despidieron en la puerta y de paso, le agradecieron su paciencia y buena voluntad, Rosa y Teodoro suspiraron al mismo tiempo. Y me parece que se miraron fijamente como pocas veces lo hacían.

—Ay, mi Rosa, mi Rosita —dijo Teodoro mientras intentaba desenredar el dedo que se le había quedado trabado entre los rizos rubios de su mujer cuando trataba de acariciarle la cabeza—. Qué más quisiera yo que darte todo lo que tú te mereces. Si yo me sacara el premio mayor...

—El dinero no hace la felicidad —dijo Rosa pisando las últimas palabras de su marido, como si no quisiera olvidar la tan escuchada frase de telenovelas.

—¿Tú crees? —dudó Teodoro.

—Claro, viejo, tú no ves que los ricos también lloran, ¡pobres niños ricos!

—Pero los pobres la pasan peor en las telenovelas, ¿no te parece?

—Al final ya ves que terminan felices.

—Sí, terminan siendo ricos...

—Bueno, bastante sufrieron en todos los capítulos, Teo. De alguna manera había que recompensarlos, ¿no? —dijo Rosa besando pícaramente la nariz de su marido.

La conversación quedó interrumpida por una imprevista erección de Teodoro. Rosa sabía qué hacer en tales casos, así que corrió al cuarto y lo dispuso todo. Se despojó del vestido, lanzó un tacón por un lado y el otro ni se sabe dónde, se soltó el pelo rubio, y se tiró en la cama, como quien se zambulle en una alberca y luego flota. Teodoro la vio, morena y algo maciza, con las carnes notoriamente abiertas a la espera de su lujuria. Ni se quitó el pantalón porque pensó que no le iba a dar tiempo, que ya... que ya... que ya... que síííí.

Por la mañana, Rosa se levantó con los ojos empegoteados de lagañas y se fue directito al televisor, lo encendió y se fue al baño a asearse. Luego despertó a Teodoro y a sus hijos y los apuró para que se fueran, uno al trabajo y los otros a la escuela. Después que les dijo adiós a Teodoro y a seis de sus hijos, Rosa fue a ver a Cristiancito, quien cada día se volvía más agresivo consigo mismo. La madre dudaba de llevarlo al hospital pues temía que las enfermeras, o alguien de allí, notaran que no tenía papeles y llamaran a la migra. Las cosas se habían puesto color de hormiga con los indocumentados. Hasta se hablaba de negarles educación y una lista bien grande de servicios. Tampoco podía confiarse mucho con la legalidad de Teodoro; la cosa también era contra los legales. Bueno, contra todos los inmigrantes; bueno, contra todo el que viniera de allá abajo, de Latinoamérica, para ser justos. Una asistenta social le insistió a Rosa que debía llevar a Cristiancito al hospital pues no le gustaba nada el color negro de la única pierna que le quedaba al niño. Pero Rosa prefería esperar. Las noticias en el televisor explicaban bien clarito cómo era la persecución. A cada rato, mandaban un montón de inmigrantes de vuelta a sus ranchos, y hasta los madreaban y magullaban como si fueran muñecos de trapo. Incluso a las mujeres. ¿Quién le garantizaba a Rosa que iban a respetar a su hijo inválido? Por sí o por no, Rosa seguía pensando que era mejor esperar a que la cosa estuviera menos tensa. Lo que ocurrió dos meses después mantuvo a Rosa literalmente ahogada en llanto. Sí, porque con el llanto se atragantó un pedazo de cacahuate y hubo que sacárselo con una pinza. Era lógico que una madre llorara de esa manera. A su Cristiancito se le llenó la pierna de gusanos, y de no ser porque a Teodoro le valió madre la amenaza de una deportación o de maltratos y lo llevó corriendo al hospital, a esta hora Cristiancito habría muerto. Por suerte, no murió. Solo hubo que cortarle la pierna para que la gangrena desistiera de seguir comiéndose el cuerpecito del niño. Rosa sabía que en este caso el remedio no había sido peor que la enfermedad, pero aun así su llanto se desató por todo el hospital y enloquecida, comenzó a culpar a todo el mundo de que su hijo perdiera la única pierna sana que le quedaba. Ahí fue cuando se atragantó con uno de los cacahuates que le dio el compadre Basilio para distraerla de su pena.

Los días siguientes fueron un martirio para la pobrecita de Rosa. Lloraba en la cocina, lloraba en el baño, lloraba en el cuarto y lloraba cuando veía a algún niño mutilado en las telenovelas.

Algo maravilloso, no obstante, logró amilanar el dolor que compungía a la buena de Rosa. Se enteró de que en Hollywood, a dos *freeways* de distancia, harían un *casting* para elegir a una niña que interpretaría la infancia de la protagonista. Podían presentarse niñas, sin distinción de razas, lugar de origen, edad y sexo. Lo de sexo resultaba inexplicable puesto que estaba claro que pedían niñas y no niños, pero a Rosa le pareció justa la aclaración. Llamó a Teodoro y le exigió que pidiera permiso en el trabajo porque se trataba del futuro de la familia. Teodoro salió asustado creyendo que otro de sus hijos había perdido una pierna, pero se puso furioso cuando supo las pretensiones de su mujer.

—Mis hijas son decentes. Olvídate de eso, Rosa. Ya sabes que en ese ambiente la gente no tiene pudor —protestaba Teodoro.

—Pero es un papel sencillo, Teo. No entiendo por qué te pones así. Van a ser famosas. ¡Van a salir por televisión! —lo persuadía Rosa, quien ya tenía vestidas a sus tres hijas como piñatas de cumpleaños.

—¡Ni hablar! Así empiezan y luego tienen que enseñar las tetas.

—¡Teo! ¿Cómo se te ocurre pensar algo así? ¡Las niñas no tienen tetas todavía!

—Por algo empiezan...

—Pero, Teo...

—Dejémoslo ahí. No van y punto. Es mi última palabra —gritó Teodoro y dio un portazo.

Como ya había pedido permiso en el trabajo y con aquella furia no iba a poder cargar ni una zanahoria, Teodoro se fue a tomarse unos tragos de tequila a un bar y luego se metió de cabeza en un lugar de esos donde las mujeres zarandean las tetas mientras bailan agarradas a un tubo.

Entre tanto, Rosa rompió una alcancía, llamó a un taxi y se fue con sus tres hijas al *casting*. No faltaba más.

Las niñas tuvieron que cantar en la primera ronda. Rosalinda se lució, cantaba con pasión, gesticulaba y caminaba por el escenario como su madre le había enseñado en casa, pero Gota de Rocío y Alma Rosa se trabaron con la letra y hasta les dio por llorar. Con todo, tuvieron más gracia que las otras niñas. En la segunda vuelta tuvieron que bailar, y ahí sí que Gota de Rocío y Alma Rosa se robaron la atención de todos: ¡qué manera de remenearse! Rosalinda daba pasillos discretos pero le sobró estilo. Parecían tres profesionales (que conste que no es solo la opinión de Rosa, también es la mía). Y si vieran lo mal que bailaban las otras... sin ritmo, y sin ni una pizca de gracia. Luego entrevistaron a todas y

Rosa se frotaba las manos ansiosamente. Segurito que una de sus tres hijas sería elegida para la película, luego entrevistarían a toda la familia, les sacarían fotos, serían famosos, les pedirían autógrafos, y tendrían que salir por la puerta de atrás de los lugares para que la turba de gente no los atropellara. Y ya tendría Teodoro que felicitar a Rosa por haber desobedecido su última palabra. Serían ricos como en las telenovelas, les darían por fin los papeles y se librarían para siempre de la migra. Saldrían en las revistas y hasta inventarían chismes sobre ellos que Rosa se iba a encargar de desmentir uno por uno. Ella defendería el prestigio de su familia por encima de la cabeza de quien fuera.

Una mujer alta y pelirroja tomó un micrófono, felicitó a todas las niñas participantes porque lo habían hecho muy bien y dijo que la niña elegida era Nicole Chapman, que las demás ya podían irse a sus casas. Rosa protestó airadamente y pidió justicia.

—¡Eso es discriminación! Mis niñas lo hicieron mucho mejor que esa güereja que es más sosa que un guacamole frío.

—Cálmese, señora —dijo una de las asistentes.

—No me calmo nada. Esa niña desafinó al cantar y bailó sin ritmo. Yo estuve mirando bien. A mí no me vengan con cuentos. Son unos racistas.

—Mire, señora —habló el productor con voz engolada y gestos barrocos—. Aquí somos muy profesionales. La niña elegida responde a los requisitos de la película. Sus hijas tienen la tez morena y la protagonista es de tez muy blanca. Por tanto, la que interprete su infancia no puede tener las características de sus hijas, ¿lo comprende usted ahora?

—Pero decía bien claro que no habría distinción de raza... ¿por qué no lo aclararon bien, eh?

—Mire, señora mía, tenemos mucho trabajo. Háganos el favor de abandonar el set.

—Me vale madre su trabajo y su sed. No es justo que nos hayan llamado cuando ya de antemano sabían lo que querían. Además, lo de la tez es lo de menos. Podrían empolvarlas y listo. Eso de la tez es puritito cuento.

La cosa se puso tan fea que los productores reconsideraron las amenazas de Rosa. Después de todo, las hijas de aquella inconforme señora eran tan graciositas que ellos bien podrían agregar dos o tres personajes más. Así que decidieron que Rosalinda, Alma Rosa y Gota de Rocío interpretarían la infancia de las criadas de la protagonista. Cuando se lo hicieron saber a Rosa, casi les salta encima como una fiera. Por más que soñaba con que sus hijas fueran famosas, tenía bien claro que una vez que alguien la hacía de sirvienta, nadie la sacaba de ese papel. Lo que menos hizo Rosa fue mentarles la madre que los parió. Y fue inútil convencerla de que moderara sus palabras. La tuvieron que sacar chillando de aquel local. Las niñas también gritaban y lloraban al ver a su madre fuera de sí. Rosalinda se puso tan nerviosa que la atacó:

—¡Tú tienes la culpa! ¡Tú tienes la culpa! Te pintaste el pelo, pero no eres blanca. Por eso no somos blancas.

—¡Cállate! —gritó la madre dándole una bofetada—. Si dices una palabra más, te rompo la cabeza.

Alma Rosa y Gota de Rocío dejaron de llorar. Ya
en el apartamento, ninguna hizo comentarios sobre lo
sucedido. De modo que Teodoro jamás tuvo noticias
del hecho y gozó con la idea de que alguna vez en la
vida, su mujer había respetado su última palabra.

Por la noche, toda la familia, con la excepción
de Teodorito que prefería ver programas en inglés en-
cerrado en su cuarto, se acurrucó en el sofá de *vinyl*
rosado con forro de nailon tornasolado para ver las
telenovelas.

Aunque el repertorio de telenovelas se había re-
novado, los temas no perdían vigencia. El cuento de
la Cenicienta era narrado en las más disímiles versiones. Lo demás era pan comido: herencias que no se dan
hasta el final, hijos bastardos, hermanos o hermanas
que no saben que lo son, un chingo de infidelidades,
amores rotundamente imposibles y embarazos mági-
cos que convierten en realidad los sueños de las malas:
casarse por las buenas.

Una de las tramas más interesantes seguía siendo el recorrido entre lo imposible de un amor prohibido
hasta que este logra cuajar. Si no fuera yo también un
adicto a las telenovelas, hasta diría que los personajes
son sadomasoquistas. ¡Mira que les gusta sufrir y ha-
cerlo sufrir a uno! ¡Las veces que las parejas se pelean
y se reconcilian debería figurar en el libro de Récords
Guinness!

Pero la verdad es que la única cosa que le

proporcionaba cierto sosiego a Rosa y que la hacía sentir un ser importante con una personalidad propia (por más que digan algunos lectores maliciosos que esa personalidad era importada de las telenovelas) eran precisamente las telenovelas.

Las telenovelas eran otro planeta. Uno muy parecido al planeta Tierra, pero dulcemente superior. No más había que ver lo lindo que hablaba la gente linda de ese lindo planeta que Rosa veía, para variar, de lunes a viernes y de la mañana a la noche. A la cama, la llamaban "lecho"; al mostrador donde se ponían las botellas, lo llamaban "bar"; a la parrilla donde asaban faisanes, la llamaban el *"barbecue"*; al ropón femenino de dormir, lo llamaban *"déshabillé"*; y al cuarto de baño, "la *toilette*". ¿A poco no hablaba lindo esa gente linda? ¿O me van a decir que es mejor decir "voy a hacer caca" que "voy a maquillarme a la *toilette*"? ¡Vamos, tampoco se puede hacer uno el ciego! A mí que no me digan. Después critican a Rosa porque ella quiera ser estreñida y se niegue a evacuar tan vulgarmente esas anomalías fecales que jamás se insinúan en las telenovelas.

En "Rosa selvática", que ya casi se estaba acabando, Rosa Rocío Rosado de los Ángeles lloró AMARGAMENTE al descubrir el secretísimo secreto que tan secretamente había guardado Ruperta Burdeles Arrabal. La verdad es que a esa Ruperta se le fue la mano con la maldad. No hay cosa mala que no haya hecho. Madreó a María Santísima, inventó un "tongonal" de chismes en contra de la buena, se apoderó de todas las fortunas y herencias de la telenovela, violó al bueno y luego le echó la culpa del hijo que iba a tener cuando todos sabían perfectamente que el hijo era de Cipriano Garza Montoya, se burló de la cara de cadáver huérfano de su mayordomo, le pegó el pico al loro con *Goma Loca* y le cortó el rabo a cuanta lagartija se metió en su jardín. Rosa Rocío Rosado de los Ángeles, que más buena no podía ser, fue capaz de perdonarle todo, pero aquel secreto viraba la tortilla al revés. Rosendo Rafael Roselló llegó tarde y se quedó con las ganas de enterarse del secreto. Ya Ruperta Burdeles Arrabal se había petateado sobre un almohadón de lino negro.

—¿De qué secreto hablaba mi esposa? —preguntó con impaciencia Rosendo Rafael Roselló, quien se había casado con Ruperta Burdeles Arrabal para darle en la cabeza a Rosa Rocío Rosado de los Ángeles y también por cumplir como hombre. No le había quedado de otra. Tenía que darle un apellido al hijo que iba a nacer. Ni modo que se quedara sin apellido el pobre escuincle.

—No te lo puedo decir, amor mío —decía Rosa Rocío Rosado de los Ángeles, con la misma cara que uno pone cuando le dan un pellizco—. Juré ante Dios que no lo revelaría y he de cumplir con ello.

Tal vez a Rosa Rocío Rosado de los Ángeles le faltó decir: "Aguanta hasta el último capítulo, mi amor. Ya el guión está escrito y nada puedo cambiar".

—Dímelo, por favor —suplicaba Rosendo Rafael Roselló con los ojos empapados en lágrimas transparentes.

—¡No tiene caso que lo sepas! No insistas, por favor —suplicó Rosa Rocío Rosado de los Ángeles con lágrimas cristalinas. Pero lo que quiso decir y no dijo porque alguien lo borró del libreto fue: "No, hasta el último capítulo no confesaré toda la verdad, no diré nada... solo lo iré insinuando de a poco. Estaré casi a punto de decirlo pero... no, la verdad completa se completará en el capítulo final. No insistas, Rosendo Rafael Roselló, no insistas. No sabes cuánto me atormenta tu angustia, digo, cuánto me angustia tu tormento".

—Tan pendeja —interrumpió Rosa al ver el tira y encoge que se traían Rosa Rocío Rosado de los Ángeles y Rosendo Rafael Roselló frente al féretro de Ruperta Burdeles Arrabal—. Díselo de una vez, mi'ja. Dile que Ciprianito no es hijo de él, que el que sí es hijo de él es Rosendito.

—Me imagino que ese secreto tiene que ver con tu turbia relación con Cipriano Garza Montoya, ¿no es cierto? —preguntó Rosendo Rafael Roselló mientras soltaba bruscamente a Rosa Rocío Rosado de los Ángeles y le daba la espalda con sobreactuada descortesía. La cámara acentuó con un *close-up*, el rostro inflexible y castigador de Rosendo Rafael Roselló.

—¡Oh, no, no, no! —dijo Rosa Rocío Rosado de los Ángeles incrementado el volumen de lágrimas y acurrucándose en la espalda de su amor imposible. Y acto seguido, salió corriendo despavorida y chorreando lágrimas por todo el set. Imagino que a los escenógrafos les disgusten esos excesos de Rosa Rocío Rosado de los Ángeles. El montaje de cartón se les tiene que venir abajo con tanto llanto.

La sinfonía de los hijos de Rosa comenzó casi al mismo tiempo que la música de la próxima telenovela. Los graznidos de los escuincles hicieron corto circuito y el televisor lanzó dos chispas al aire. Rosa pegó un brinco en el sofá de *vinyl* rosado con forro de nailon tornasolado. Los niños también se asustaron y se treparon al sofá junto a su madre. Pasados unos minutos, la telenovela volvió a la normalidad. Pero el corazón de Rosa se le había desbocado dentro del pecho. Todavía estaba aterrizando del susto, cuando recibió una fatal noticia en un intempestivo corte noticioso: un avión de no sé cuál línea estalló en el aire, y con este estallaron 250 pasajeros. Tras aquel boletín del última hora que interrumpió por breve tiempo la rutinaria programación de telenovelas, apareció Rosa Esperanza Flores del Campo gritando con desesperación. Rosa creyó que la buena de la telenovela que seguía, había quedado sensiblemente afectada por lo del avión, pero luego se enteró que la causa de que la pobre estuviera sufriendo tanto era que Alberto Damián Donaire le había dado un "revirón" de ojos y se había negado a besarla.

Teodoro llegó amolado del trabajo. Rosa le hizo una seña que él interpretó de inmediato. El plato de comida lo estaba esperando. No más era cuestión de sentarse a la mesa y comérselo. Pero apenas abrió la boca, el piso empezó a temblar y Teodoro se dio una reverenda mordida en la lengua. El sismo provenía de la garganta de su mujer y se propagaba con violencia por el pequeño apartamento.

—¡Pinche, viejo! ¿Te puedes dejar de hacer ruido? —vociferó Rosa desde la sala, haciendo retumbar la casa.

—Déjame en paz, Rosa. No empieces que hoy casi pierdo la chamba por tu culpa —resopló Teodoro con un alarde de paciencia.

—¿Ah, sí? Así que por mi culpa, ¿eh? ¿Qué tarugada hiciste que ahora me quieres culpar a mí?

—Párale ahí, Rosa.

—Fíjate que no le paro nada. Hablas puras babosadas y luego te callas así no más. Eres un bueno para nada, ¿te enteras? Desde que llegas, ya me estás fregando. Tan tranquila que estaba yo viendo mi telenovela.

Teodoro tiró el plato de frijoles contra la pared y lanzó las tortillas tiesas por la ventana. Se encerró en el baño para evitar irle encima a Rosa. Traía un vendaval de frustraciones y prefirió no desatarlas contra su mujer. Es más, ni le iba a decir una palabra de lo que le pasó. Ni le iba a decir que un tipo lo insultó porque Rosa había comentado en el vecindario que era ella quien mandaba en su casa. El tipo le gritó "mandilón" y a Teodoro no le quedó de otra que madrearlo ahí mismito. Casi pierde la chamba, pero corrió con suerte que el administrador estaba de buenas y se la dejó pasar esta vez.

A Rosa se le pasó el berrinche en cuanto vio salir en la pantalla el contundente beso entre Rosa Esperanza

Flores del Campo y Alberto Damián Donaire. Este último al fin había comprendido que ella era inocente y que era, fíjense bien, era el amor de su vida. ¿Acaso es eso tan común como para echarlo a un lado?

Entre fragmento y fragmento, apareció el anuncio de una próxima telenovela mucho más interesante, mucho más emocionante, mucho más tristealegre, pero sobre todo, muy diferente a las demás. Un colega mío anunció bien clarito que la telenovela que estaba a punto de venir sería completamente distinta. Y llevaba razón, cosa que Rosa y yo pudimos comprobar dos meses después. La mala en esta ocasión no era la madrastra, ni la tía solterona, ni la que decía ser su mejor amiga, ni la hermana que no sabía que era la hermana, era —nada más y nada menos— que la misma madre (pero segurito que luego se iba a descubrir que no era la madre legítima y por eso hacía tales desmadres). Tampoco el hijo bastardo se llamaría Ciprianito, sino Tomasito. De manera que el hijo de verdad era el inocente y cariñoso de Ripiaíto (porque así le decían en la vecindad donde vivía la señora que lo recogió en un latón de basura). Y para acabarla, la pobre en esta ocasión no sería la buena, sino el bueno. Aunque luego se iban a invertir los papeles y se volverían a invertir otra vez hasta que finalmente la cosa quedaría pareja: los dos serían inmensamente ricos gracias a que Riapiaíto se ganaría el premio mayor. Vaya, que esta prometía ser una telenovela bien diferente a las demás. Rosa no se la perdería por nada del mundo.

Teodoro salió del baño con el rostro tan desteñido y deshilachado que su mujer lo invitó a acurrucarse junto a ella.

—Vente, mi Teodoro, traes una cara...

—Es que...

—Sí, ya sé, pero es que no tenía dinero y tuve que echar mano de la alcancía para comprarles unos videojuegos a los niños. Ya sabes que solo así se están quietos un rato.

—Mira, Rosa...

—Déjate de ser codo, Teodoro. Además, ya es hora de que cambiemos estos muebles. Estoy harta de lo mismo. Tú no, porque tú te vas muy fresquito para el trabajo. Pero soy yo la que tiene que estar encerrada entre estas cuatro paredes. Mileidi cambia la decoración de su casa cada Navidad. Y yo estaba pensando, ¿qué tal si cambiamos el sofá de *vinyl* rosado con forro de nailon tornasolado por uno de *vinyl* rosado con forro de nailon tornasolado? ¿Eh?

Ni caso tenía discutir. Teodoro se recostó con su masa porcina sobre el hombro de Rosa y dejó sobre este todo su vaho etílico. La pantalla los envolvía con una luz blanquecina y los hacía parecer una proyección irreal. De pronto, dos seres reales aparecieron frente al sofá de *vinyl* rosado con forro de nailon tornasolado:

—¿Eres tú, Rosa Esperanza Flores del Campo?

—Sí, Alberto Damián Donaire, soy yo. ¡Pero suéltame, infame! ¿Por qué me has besado? Bien sabes que ahora soy de otro y tú eres de otra. Lo nuestro no puede ser, lo nuestro es imposible, lo nuestro es prohibido, lo nuestro es pecado, lo nuestro debe terminar, lo nuestro es mal visto, lo nuestro es condenado por la sociedad, lo nuestro...

—¡... se pasa de castaño oscuro! —interrumpió Teodoro con enfado.

—Pero es a ti a quien amo y tú lo sabes, Rosa Esperanza Flores del Campo. No te me resistas. Eres mía, mía, mía.

—Soy de otro, ya déjame, por favor —titubeó Rosa Esperanza Flores del Campo.

—Eres mía y siempre serás míííía. Lo veo en el agua clara de tus cristalinos ojos azules —dijo Alberto Damián Donaire, frotándola con frenesí, fragor y desenfreno.

—Ni que la hubiera comprado, el canijo —protestó Rosa.

—Yo te amo, Rosa Esperanza Flores del Campo —siguió diciendo Alberto Damián Donaire.

—¡Mentiroso! —le gritó Rosa desde el sofá. Luego miró a Rosa Esperanza Flores del Campo quien estaba a punto de caer otra vez en los brazos del amor de su vida—. Está jugando con tus sentimientos, ¿que no lo ves, mensa?

—¿De veras me amas? —suspiró Rosa Esperanza Flores del Campo.

—¡Apriétala ahora! —animó Teodoro a su colega sexual—. Ya es tuya. Ya la tienes...

—¡Cállate, Teodoro! —dijo Rosa propinándole un severo pellizco en el brazo—. Déjate de estarle dando ideas. Ese tipo no merece el amor de Rosa Esperanza

Flores del Campo. Ya van tres veces que hace sufrir a la pobrecita.

—Te amo con toda mi alma y todo mi corazón y toda la fuerza de mi ser y... —insistió Alberto Damián Donaire.

A Rosa se le aflojó el corazón. Aquellas palabras sonaron tan verdaderas que comprendió perfectamente la actitud de Rosa Esperanza Flores del Campo.

—Y yo a ti, vida mía, amor mío, cielo mío, alma mía, sueño mío... —dijo por fin Rosa Esperanza Flores del Campo echándose en sus brazos y zambulléndose en la boca de su amado.

—Demuéstrame que me amas y dame eso que...

—Tómalo, soy toda tuya... —dijo Rosa Esperanza Flores del Campo, poniéndose automáticamente flácida y manejable como títere.

—¡No se lo des! ¡No se lo des! —le gritaba Rosa a Rosa Esperanza Flores del Campo.

—¡Dáselo, dáselo! —gritaba a su vez Teodoro—. ¿Pero que no había dicho esa que era de otro? ¿A poco ya se le olvidó? La mera verdad, no hay quien entienda a estas mujeres...

Mientras los cuerpos de Rosa y Teodoro se despegaban con recelo, los cuerpos de Rosa Esperanza Flores del Campo y Alberto Damián Donaire se sumergían en el más delicioso de los pecados.

—Lo ves, eres una cualquiera —dijo Alberto Damián Donaire bruscamente, una vez que hubo

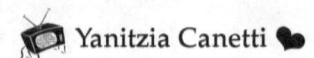

terminado—. Es así como debes haberte arrojado a los brazos de ese canalla.

—¡Te lo dije, mensa! —saltó Rosa como una fiera—. Todos los hombres son iguales. Agarran lo que quieren y luego se lo echan a uno en cara.

Rosa salió como alma que lleva el Diablo y Teodoro se quedó más tranquilo que estate quieto. Ya podía imaginarse él la nochecita que le esperaba.

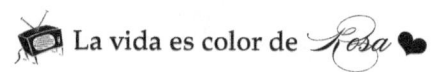

(Corte comercial)
Artificín Complex, el remedio santo

IMAGEN: Vista parcial de la selva amazónica o de cualquier otra selva, bosque, matorral o jardín intrincado.

SONIDO: Sonidos "naturales" de diversas aves (producidos en un estudio de efectos de sonido).

VOZ DEL LOCUTOR: *En las mismísimas entrañas de la selva amazónica, hemos encontrado una planta exótica, endémica, autóctona y extráñica, llamada "Riñoneira Fanfarrea".*

IMAGEN: Hombre ojeroso y con bata blanca, dentro de un sofisticado laboratorio químico, realiza complejos experimentos científicos en aras de obtener una fórmula todopoderosa. Un humo verde emana de los tubos de ensayos.

SONIDO: Quinta sinfonía de Beethoven.

VOZ DEL LOCUTOR: *Tras años de agotadora labor científica, los laboratorios ART & FICÍN han creado, a partir de esta planta, una fórmula revolucionaria 100% natural llamada ARTIFICÍN COMPLEX. La hemos obtenido, NATURALMENTE, en nuestros laboratorios.*

IMAGEN: Modelos de pasarela posan para las cámaras y muestran los maravillosos cuerpos y la estupenda salud y la extraordinaria belleza y la alardosa juventud que puede lograrse tomando ARTIFICÍN COMPLEX. ¡Como para acomplejar a cualquiera!

SONIDO: Canción original del conocido compositor Artificio Delgado. Interpreta el popular salsero Chico Maracas. Orquesta acompañante: Los Rumberos del Hospital Santa Emetelia. *Me importa tu salud, tu salud, tu salud y nada más que tu salud, tu salud, tu salud.* <Estribillo:> *"Tómate la píldora, Consuelo... te sentirás en el cielo..."*

VOZ DEL LOCUTOR: *ARTIFICÍN COMPLEX lo cura todo. Si usted padece de acidez estomacal, dolores de cabeza, barros y espinillas, escoliosis, caspa y seborrea, juanetes, inflamación abdominal, sobrepeso, calvicie, acné juvenil, diabetes, úlcera, hemorroides, amigdalitis, estrabismo, colesterol alto, mala digestión, náuseas, vómitos, mal aliento, mal humor, mal de Parkinson, hinchazón en los pies, catarro, depresión, otitis, artritis, trastornos bucales, cefalea migrañosa, pies planos, cólicos, orzuelos, verrugas, hipo, tartamudez, eyaculación precoz, claustrofobia y cualquier otra* enfermedad que se le ocurra, ENTONCES tome ARTIFICÍN COMPLEX.

Es un producto tan maravilloso que lo mismo sirve para el estreñimiento que para la diarrea, lo mismo le baja que le sube la presión arterial, lo mismo le baja que le sube la bilirrubina, lo mismo le quita el calor que le quita el frío, lo mismo lo llena de vida (que lo llena de químicos).

Este maravilloso producto no tiene efectos secundarios... solo primarios, digo, no tiene efectos secundarios... a simple vista, digo, no tiene efectos secundarios... que yo sepa. Bueno, usted tómeselo y compruébelo por sí mismo.

Así que no lo piense más y llame ahora mismo al número que aparece en su pantalla y que le leemos en voz alta, por si usted es ciego o no sabe leer:
    1-800-COMPLEX
    o al 1-800-266-7539

Y para las 5400 primeras llamadas, les tenemos una gran sorpresa. Una enorme sorpresa. Una fantástica oferta. Una increíble ganga. Una exorbitante oportunidad. Sí, amigos, si usted es uno de los afortunados en llamar ahora mismo, recibirá además de su frasco de ARTIFICÍN COMPLEX, un precioso llaverito con el logo de nuestra compañía. Este llaverito es sumamente útil porque sirve para poner las llaves de su casa y, de paso, como quien no quiere las cosas, también le sirve para recordarle que debe tomar ARTIFICÍN COMPLEX.

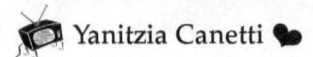

Apúrese, llame gratis al número:
    1-800-COMPLEX
    o al 1-800-266-7539

Repetimos:
    1-800-COMPLEX
    o al 1-800-266-7539

Y le volvemos a repetir para que se le grabe bien:
    1-800-COMPLEX
    o al 1-800-266-7539

<Una nota al pie del comercial en letras exageradamente pequeñas dirá:>

Los resultados puede que comiencen a verse al cabo de cinco años. El producto no será efectivo si usted toma alguna otra medicina.

Rosa
en el capítulo final

¿Que dónde vive Rosa? Toma por la calle Lincoln, dobla a la izquierda en el tercer semáforo, luego a la derecha en la calle Dolores, entra en el segundo edificio, pasa al apartamento 13 y allí, justo frente al televisor, en un sofá de *vinyl* rosado con forro de nailon tornasolado, vive Rosa. Lo aclaro para quienes piensan que Rosa había cambiado de dirección.

El tiempo daba la sensación de ir lentamente, pero iba a tal velocidad que nadie se percataba de su paso. Solo Rosa pudo notarlo. Las cosas habían transcurrido sin novedad. Al menos, sin mucha novedad. Solo que ahora Teodoro estaba a punto de ser promovido a supervisor. Eso sería fabuloso para la familia Barril. Un dólar más por hora significaba más *Tecni-Colas* y más *Barbies* y más videojuegos.

El país de las oportunidades les abría una brecha. Lo malo es que todo el mundo quería caminar por la misma brecha y la cosa se pintaba un poco difícil.

Cualquiera tenía el mismo derecho a ser dueño de una taquería, cantar "Cielito lindo" en el metro o dar consultas psíquicas a depravados sexuales. Las iglesias, sectas, cultos, asociaciones, grupos y tinglados religiosos proliferaban como la mala hierba. Lo curioso es que ninguna quería captar feligreses felices, y que todas aseguraban tener la vacuna para los males de este siglo. Tengo pésima memoria y posiblemente no retenga las palabras textuales, pero casi puedo reconstruir lo que todos los movimientos religiosos andan vendiendo como pan caliente: "Si usted padece de cuanta enfermedad haya en el mundo, si nadie lo pela en su familia, si el amor de su vida lo dejó como una papa frita, si hasta los perros lo mean por la calle, si anda perdido, inseguro, descuajaringado, desvencijado, desharrapado, hecho leña, todo mocoso, hecho un asco, si ya está a punto de suicidarse... ¡venga a la Iglesia Bendita 'Un boleto al Paraíso!'". Y acto seguido, aparecen primeros planos de testimoniantes: "Yo era adicto a la cocaína, a la heroína, al éxtasis, a la marihuana, al hachís, al opio, a las pastillas pa' los nervios", pero desde que vine a la Iglesia Bendita 'Un boleto al Paraíso', nada más consumo marihuana". Una señora asegura con la mirada incrustada en el techo de la iglesia: "Yo no podía caminar, ni oír, ni ver, y tenía cáncer en la planta del pie, y me detectaron un tumor amarillo en la materia gris, y también tenía catarro y tos ferina. Pero desde que vengo a la Iglesia Bendita 'Un boleto al Paraíso', ya no siento, ni pienso ni sé quién soy". Una madre llora de emoción: "Yo no creía ni en mi madre y ahora creo en todo lo que me dicen". Ya les había advertido que soy malo para reproducir con exactitud las palabras de otros, especialmente si esas palabras fueron dichas en un momento de fervorosa fe. A lo que iba, en ninguna de esas nuevas iglesias, sectas o cariñosas líneas psíquicas había gente que dijera: "si usted es feliz y está contento con la vida, si vive enamorado y tiene un buen trabajo, venga a nuestra iglesia para contagiar a los demás". La verdad es que hubiera sido una buena idea. No me explico por qué siguen prefiriendo a la gente a punto de morir, de pegarse un tiro o de pegárselo a alguien. ¡Vaya usted a saber! Su razón tendrán. Está claro que nadie les gana en eso del *marketing*.

Rosa convivía con todo lo que emanaba de su televisor sin protestar demasiado. Por lo pronto, ya había perdido sensibilidad y los muertos de cada día que aparecían en los noticieros le parecían una rutina casi necesaria para el balance del mundo. Lo que todavía no podía tolerar era que los malos de las telenovelas tuvieran la desfachatez de matar a quien les viniera en gana. Y que ella, sabiéndolo todo desde el principio, no pudiera hacer nada por remediar tal situación. Era cómplice sin pretenderlo.

A pesar de los giros disparatados que daba el planeta Tierra, Rosa aprobaba los designios del Señor y consideraba que unas cosas tenían que suceder para que otras no sucedieran. En eso estaba clara.

El desarrollo tecnológico era, sin embargo, lo que se le hacía más peligroso. Todo lo que oliera a adelantos científicos, revolucionarios productos químicos o innovadores sistemas computarizados sonaba demasiado alto para los desacostumbrados tímpanos de Rosa. La prueba más clara de que todo esto iba por mal camino y que Dios no lo veía con buenos ojos, era la noticia de que dos niños en Massachusetts encontraron en un tal Internet la forma de hacer una bomba casera y, al mezclar gasolina con sulfuro, la bomba les había estallado en la cara.

Rosa buscaba la forma de impedir que sus hijos tuvieran contacto con cosas malas. El desarrollo les ponía al alcance todo lo prohibido por el no-desarrollo. Y aunque el Padre Jesús Antonello se desgañitara con sus sermones y los asustara con la imagen de un Mefistófeles humeante, ahí estaban el desarrollo y sus secuaces dispuestos a penetrar las mentes ingenuas de los niños: mujeres que les decían un rosario de cochinadas por teléfono, mujeres impúdicas que aparecían despatarradas en las revistas, mujeres inescrupulosas que fornicaban jocosamente en los videos, mujeres que enseñaban las nalgas hasta en las pantallas de una computadora. Y todo por culpa de tanto adelanto y modernidad. Que si no existieran los teléfonos, las revistas, los videos y las computadoras, los niños estarían fuera de peligro. Rosa, por supuesto, no incluyó a la televisión en esa lista. La televisión tenía su bendición, aunque a veces la hacía quedar un poco mal cuando dejaba entrever películas o anuncios pecaminosos.

Rosa se sentía a veces entre la espada y la pared. Por un lado, el Padre Antonello Jesús hablaba de abstinencia y control; por el otro, la tele motivaba al

desenfreno y hasta en las canciones se decía, tentado-
ramente, que solo se vivía una vez o que se viviera la
vida loca. Por un lado, el Padre Antonello Jesús hablaba de fidelidad absoluta; por el otro, la tele aplaudía al hombre mujeriego o lo trataba con vehemencia,
y justificaba que una mujer fuera infiel por despecho,
por establecer el equilibrio ante el machismo o por exceso de sufrimiento. Por un lado, el Padre Antonello
Jesús hablaba de que abortar era asesinar a un ser indefenso y que el único modo de controlar la natali-
dad era calculando el período de ovulación femenina;
por otro lado, la tele explicaba que la medicina daba
respuestas a los embarazos no deseados, anunciaba
nuevos métodos anticonceptivos y promovía el uso
de los preservativos para prevenir no solo los embarazos sino las enfermedades contagiosas. Por un lado,
el Padre Antonello Jesús hablaba de la moralidad, de-
cencia y recato que debía tener la mujer como digna
heredera de María; por el otro, la tele aseguraba que
las mujeres *sexy*, atrevidas y aventadas tenían más
éxito en el amor que las pudorosas. Por un lado, el
Padre Antonello Jesús defendía la virginidad hasta el
matrimonio; por otro lado, la tele justificaba que los
hombres quisieran complacer sus apetitos sexuales
cuando su novia se los negaba, y hasta ofrecía cifras
de que un número tal de mujeres que habían llegado
vírgenes al matrimonio tenían una vida sexual pobre
e insatisfecha. Por un lado, el Padre Antonello Jesús
condenaba la unión de dos seres del mismo sexo; por
el otro, la tele mostraba parejas felices de homosexuales

y clamaba tolerancia. Y Rosa era tan ferviente a una religión como a la otra.

En su ansiedad por imantar ambos polos, Rosa se atrevió a pensar que seguramente la iglesia poco a poco vería más televisión y se enteraría de lo que estaba pasando, para acomodarse a las demandas del nuevo milenio. Mientras tanto, ella lograba lidiar los dos intereses a través de las telenovelas, que alternaban, en equilibradas dosis, lo permitido y lo prohibido, o que presentaban personajes libremente reprimidos o reprimidamente liberados. Los buenos creían en el mismo Dios que Rosa. Los malos, además de tener nombres paganos, no creían ni en la madre que los parió y por eso terminaban como terminaban.

Las telenovelas eran un gran invento bíblico, según creía Rosa. Te daban ideas de cómo y de qué hablar, cómo vestir, cómo conseguir que un hombre te ame locamente y cómo reaccionar ante la infidelidad del ser amado. Incluso, si uno no tiene la más remota idea de cómo deshacerse de alguien que nos molesta y nos hace la vida de cuadritos, en las telenovelas los malos ofrecían un sinnúmero de ideas sobre cómo obrar en tales casos: ahogarlo con una almohada, envenenarlo con pastillas, brebajes o plantas exóticas, decirle cosas horrendas hasta provocarle un infarto, o más efectivo aún, clavarle un cuchillo, lanzarlo por la azotea de un rascacielos o dispararle a pecho pelón. También las escaleras eran muy socorridas en estos casos. Si no, fíjense bien que en ninguna de las casas de las telenovelas faltaba una escalera. Por ellas rodaban, sin querer, los malos que amenazaban a los buenos, o los buenos amenazados por los malos. Pero de que alguien se caía, denlo por seguro. Al menos debía caerse un personaje por cada telenovela. En cuestión de asesinar, les digo, nada más instructivo y eficaz que ver telenovelas.

A propósito de asesinos, en la tele siempre habían hablado de asesinos en serie, reprimidos sexuales o personas medio chifladas que hacían un verdadero desmadre con sus víctimas. Ahora había uno nuevo del que todo el mundo hablaba. Sus víctimas eran niños adolescentes que usaban el seis y medio de calzado. Así eran de caprichosos los asesinos en serie. Cuando les daba por algo, la arremetían contra todos los que tuvieran las mismas características. Ya iban por siete los niños que hallaron mutilados. El infame criminal dejaba siempre un cepillo de dientes y un tubo de pasta *Colgate* junto a los cadáveres, ocasión que aprovecharon los publicistas para destacar la marca de la pasta dental y recomendar un tipo de cepillo que limpiaba el borde de las encías y entre las muelas. Los psicólogos invitados a los programas tomaban poses para decir, a fin de cuentas, que el tipo iba a seguir asesinando a diestra y siniestra sin compasión. Otros eran más descriptivos y ahondaban en la personalidad del desquiciado: era huérfano, tenía carencia afectiva, no se lavaba los dientes y en el orfanato nunca le daban zapatos nuevos, por lo que tenía que usar un seis y medio aunque calzaba un ocho. "Todo esto, agravado por un ambiente social desfavorable", añadía un sociólogo, "ha configurado a este monstruo". Se pidió ayuda a la población y todos la brindaron a su manera. Muchas personas se presentaron y confesaron con entusiasmo que ellos eran los asesinos. Otros dieron testimonio de haberlo visto y ofrecieron diversas versiones: era negro y calvo, era güero y melenudo, era latino y con bigotes, era travesti o era la viva imagen del chupacabras. Se avivó una tremenda confusión hasta que el asesino, realmente frustrado con la incompetencia colectiva, la falta de imaginación y lo mal que lo trataba la prensa, cedió con amabilidad otras pistas para que lo encontraran. Se puso a regalar cepillos de dientes a cuanto niño se tropezó con él. Una de las madres notó algo extravagante en aquel regalo y lo denunció al fin. Lo apresaron de inmediato. Le hicieron un juicio a todo dar, con *flash*, cámaras y primeros planos. Durante varios meses ocupó la atención de todos y opacó por completo el brillo del resto de las noticias. Lo más insólito fue cuando se descubrió que no era negro, ni güero ni latino, y mucho menos un travestí o el chupacabras. Era pelivioleta, pecoso, desdentado y se dedicaba a enlatar sardinas en una industria de Alaska. Tampoco era huérfano. Tenía padres mimosos, abuelitos consentidores, hermanos fieles, tíos cuenta-cuentos, cuatro sobrinos adorables y dos gatos siameses. Y lo del zapato seis y medio lo leyó en alguna fotonovela cuando era niño y siempre soñó con protagonizar algo tan macabramente creativo. Lo que sí era cierto es que no se lavaba los dientes porque la pasta dental le hacía vomitar y que fue por uno de esos torrenciales vómitos que tuvo en la adolescencia, que su padre le había propinado una reverenda paliza que lo traumatizó de por vida. Lo único que sacó Rosa de aquella historia nauseabunda era que su hijo Teodorito había quedado a salvo de las manías de semejante ser. El muchacho pudo calzar al fin el seis y medio y no el cinco, como su madre lo obligó hasta que hallaran al victimario.

Rosa seguía frente al televisor sin perder detalles. No necesitaba abrir la puerta para saber todo lo que estaba pasando. Y lo que estaba pasando era suficiente como para que Rosa no quisiera abrir la puerta. Tragaba bocados de pantalla luminosa y suspiraba de forma intermitente al comprobar lo revuelto que andaba su planeta.

Para Rosa la vida comenzó a perder sentido. Sobre todo después de lo que le pasó a Capullo de Rosa. El chihuahua apareció agujereado en el cuello, con los ojos botados y las patas tiesas. Los cuates huyeron de la escena del crimen y trataron de persuadir a sus padres de que seguro aquello había sido obra del chupacabras. Pero días más tarde, sus padres los obligaron a confesar. Los niños dijeron que ellos no habían tenido la culpa. Que lo que pasaba es que ellos eran vampiros. Así como les cuento: ¡vampiros! Y que necesitaban sacrificar animales y beber sangre para vivir y que les molestaba la luz del sol y que habían visto apariciones de *Batman,* y que eran inmortales y que volaban por las noches y mil cosas más. Rosa y Teodoro pensaron que a sus hijos los había seducido el demonio y acudieron a los sanos servicios de un exorcista. Pagaron más de lo que tenían, pero el asunto lo valía. Ahora sus niños volverían a ser normales. Por lo pronto, ya no intentaban dormir de cabeza, ni asustaban a sus hermanitas con morderlas en el cuello. Pero de cualquier forma, la familia decidió esperar antes de decidirse a tener otro perro. No fuera a ser el Diablo y...

Les decía que nada lograba llenar el exigente espíritu de Rosa. Nada la satisfacía. Ninguna religión le daba todas las respuestas. Su hogar era infernalmente aburrido. Teodoro seguía con el mismo aliento etílico de siempre. Cristiancito quería que le compraran una silla de ruedas motorizada y con control remoto como las que había visto en la tele. Mileidi tenía una morbosa tendencia a restregarle a Rosa los trapos nuevos que le compraba el bueno de su marido. Los compadres andaban en un pleito con la escuela porque Blanca Azucena abrazó a una güerita y los padres de esta la acusaron de "abuso sexual". Y para rematar, desde hacía ya un tiempo, un ratón vivía atemorizando a todos con sus malas mañas. Ya los niños lo habían visto corretear por la cocina y husmear en el bote de basura. El ratón era bien listo y jamás había querido probar el veneno que Rosa le dejaba por las esquinas. Las únicas idiotas eran las cucarachas, que se agitaban moribundas antes de que Rosa las barriera. Lo insólito del caso es que en los apartamentos vecinos ni siquiera había cucarachas. Fue entonces cuando Teodoro trajo una trampa de madera y la puso debajo del sofá, el lugar donde más escándalo armaba el roedor por las noches.

Allí la dejó por buen tiempo, sin que el maldito animal decidiera dejarse comprimir por el hierro de la trampa. Lo que sí hacía el muy chistoso era comerse los trocitos de comida que le dejaban. Se las arreglaba el canijo para burlarse de todos con la mayor desvergüenza.

Rosa estaba inquieta y agobiada. Mostraba antipatía hasta por los objetos más inanimados y minúsculos. Todo daba vueltas en su cabeza. Todo avanzaba desenfrenadamente como en una montaña rusa. Lo más terrible fue cuando notó que también las telenovelas comenzaban a intranquilizarla.

Rosa se molestó porque la protagonista de la telenovela que estaba viendo —perdonen, lectores míos, que no les haya contado antes sobre esta novela: se llamaba "Rosita bendita"— era idiota a más no poder. Poco le faltaba para que se chupara el dedo (si no es que ya se lo chupaba detrás de las cámaras). Todo indicaba que para ser la protagonista de una telenovela y ganarse la simpatía de los demás personajes y de los telespectadores, se necesitaban ciertos requisitos: ser idiota de remate, tener cara de idiota pero muy bonita, decir cosas idiotas como: "es que a mí me gusta jugar a las casitas", y hablar y actuar como idiota.

Tratemos de interpretar el pensamiento de Rosa cuando —desencantada por lo exageradamente idiotas que eran las hermosas damas de las telenovelas— se preguntaba por qué una mujer de cuarenta años tenía que hablar añoñada como una chiquilla de diez. Rosa no llegó a ninguna conclusión pero sí se hizo muchas preguntas que nunca antes se había hecho y que se desencadenaron, creo yo, cuando reparó en que una de sus hijas tenía aparatos en los dientes y la otra llevaba zapatos ortopédicos: ¿por qué las protagonistas eran todas *sexis*, de abundantes carnes, saludables y con caras de angelitos? ¿Por qué hasta las pepenadoras que recogían basura en las montañas de desperdicios, andaban todas maquilladitas, tenían una figura esbelta y un pelo tan bien cuidado? ¿Por qué no había protagonistas buenas como las mujeres buenas que ella conocía y que no eran una beldad, sino más bien gorditas, miopes, dentudas o narizonas? ¿Por qué al ver aquel desfile de mujeres-diosas, se sentía tan aminorada, ínfima, anónima, en fin, una nada con patas chuecas?

Por otra parte, Rosa tenía otra sarta de preguntas provocadas por una vieja frustración: si ser bonita era la única meta, ¿de qué valía cargar con el cerebro, para arriba y para abajo, si solo era un estorbo y hasta creaba conflictos? Si bien las protagonistas eran tan brutas y distraídas que no se daban cuenta ni de lo que pasaba delante de sus narices, también era cierto que gracias a eso, se ganaban el aprecio y la compasión hasta de los malos y, por supuesto, el amor de todos los hombres guapos de la telenovela.

Pero Rosa quería saber, y no sabía cómo evitar esa repentina curiosidad que la invadía: ¿por qué las protagonistas eran las últimas en enterarse de lo primero que ocurría en la telenovela? ¿Por qué aguantaban villas y castillas sin protestar? ¿Por qué toleraban engaños, infidelidades, maltratos, humillaciones, gritos y atropellos y seguían siendo tan retebuenas, ingenuas, subnormales? ¿Y por qué, por ir más lejos, eran todas bonitas, hermosas y primorosas? ¿Acaso no habían feas buenas? ¿O acaso no habían bonitas inteligentes y desenvueltas? ¿Por qué la mujer tenía que ser así, idiotamente buena y bonita, para ser amada por el galán de la telenovela? ¿Si fuera fea e inteligente el galán diría "guácatela"?

Los galanes, sin embargo, tenían otros requisitos: debían ser doctores, o arquitectos, o abogados —porque Rosa nunca había visto una telenovela donde el galán fuera amo de casa, mesero, obrero de una fábrica y mucho menos un cargador de coliflores y zanahorias como su Teodoro. Hasta creyó que sería algo horrible y antirromántico que un galán tuviera la facha de su marido. Sin duda las otras profesiones eran más elegantes y seductoras. También los galanes debían ser lindos, tan lindos como las damas. Pero a diferencia de ellas, debían ser poseedores o herederos de una gran fortuna. Era absurdo que los dos fueran ricos o los dos pobres. Uno debía ser riquísimo y el otro paupérrimo. Uno con sangre violeta y el otro con la sangre prieta. Era más común que el rico fuera el galán, al fin y al cabo tenía su lógica... ¡era hombre! Y los hombres son los que invitan a comer a las mujeres y los que pagan, ¿o no? Al menos, a Rosa le costaba trabajo verlo de otra forma si siempre había sido así.

Claro, lo más importante de una telenovela no era el grado de idiotez que tenía la mensa de la protagonista o el nivel de su aguantómetro. Era saber con quién se quedaba el abogado tal o el arquitecto

mascual, a cuál elegía finalmente, si a la buena que
creía mala o a la mala que creía buena. Por eso Rosa
justificaba que el galán, indeciso y confundido con los
enredos de las malas mujeres y los infieles amigos, tuviera que experimentar, besuquear y embarazar a unas
cuantas, antes de percatarse de que su verdadero amor
era la idiota, digo, la buena. La cosa debía terminar
en boda para que todo se purificara y quedara bajo el
visto bueno de Dios y de los televidentes. Tampoco la
protagonista se quedaba fuera del juego, por más tonta
que pareciera. Precisamente por ser tonta, se enredaba
con María Santísima antes de caer nuevamente en los
brazos de su único amor.

Tampoco sean mal pensados. No se trata de or-
gías entre los personajes. Todo está dramáticamente
justificado. Los triángulos amorosos solo enriquecen la
trama y acentúan cuán ingenuos son los buenos. A veces no son triángulos, es cierto, porque a los guionistas
se les va la mano y con tal de aumentar los capítulos
de una telenovela con *rating*, son capaces de enredar a
unos con otros y formar rectángulos, rombos y trape-
zoides amorosos. Pero luego, ya ha visto usted que la
madeja se desenreda cuando la lucidez les llega súbi-
tamente a todos por igual en el último capítulo y cada
cual agarra su pareja con perfecta puntería.

Porque, ante todo, hay que cuidar el buen nombre... (por más feo que este sea). Así aclaran en las telenovelas. Dicen bien claro y en repetidas ocasiones,
para que todos lo tengan en cuenta, frases que aluden
a la limpieza y pulcritud que debe tener un nombre

y un apellido. "Su apellido ya está manchado", decía Rosa Cristina para denunciar la desvergüenza de su rival. "Su nombre está hundido en el lodo", decía Ismael Gonzalo cuando vio a su amada revolcándose en un pantano con su mejor amigo. "No podemos manchar nuestro buen nombre", advertía Eloísa Sigismunda de Escobar ante la tozudez de su hijo en casarse con una vulgar vendedora de aguacates.

Otra cosa que traía algo confundida a Rosa era por qué los personajes de la telenovela no hacían caca, ni pipí, ni se lavaban los dientes. Tampoco, válgame Dios, se sacaban un moco y lo pegaban debajo de la mesa. "Seguro que lo hacen cuando apago la tele", pensaba Rosa, "Tiene que ser, claro, sí, eso es... ¿o no?".

Tampoco Rosa entendía muy bien por qué en las telenovelas decían y repetían que el dinero no hacía la felicidad y que el dinero no lo era todo, cuando parecía ser todo lo contrario. Si no, ¿por qué siempre los pobres, que por lo general eran buenos, terminaban siendo ricos? En ningún final, los buenos terminaban pobres. Ni tampoco los ricos buenos dejaban de ser ricos. Solo los malos eran castigados a quedarse pobres. Además, casi todo se lograba "al precio que fuese necesario". El billete no jugaba con la papeleta. Sin dudas, algo andaba mal pero Rosa no sabía qué.

El mundo, sin embargo, era tan armónico y hermoso dentro de una telenovela que Rosa se indignaba, con razón, cuando en los noticieros aparecían cosas tan descabelladas como que un anciano amenazó con orinar a los pasajeros de un avión, o que "el Mesías de las bombas" quería postularse para presidente y trataba de llamar la atención de los votantes mandando bombas caseras a los diarios, o que los padres tomaban a sus propios hijos de rehenes o los secuestraban, o que un violador confeso de cientos de niños resultó ser un policía de mérito, con treinta años de servicio, o que un hombre lanzó dos bombas incendiarias a una barbería porque le hicieron un corte de pelo muy feo.

¿Qué —a ver, díganme— qué podía pensar Rosa después de ver que un presidente se siente Julio Iglesias, graba un disco compacto y canta apasionadamente para una tal Lorena, la mujer que le cercenó el pene a su marido? ¿Qué creen que le pueda pasar por la mente a la buena de Rosa si, como si fuera poco, luego ve que otro presidente sudamericano, entusiasmado con la carrera artística de su colega, decide grabar con él un disco de tangos? ¿Qué se supone que piense la pobrecilla cuando ve con sus propios ojos que los candidatos a la presidencia estadounidense bailan, infantilones y arrítmicos, con una rítmica macarena? ¿Qué conclusión podría sacar Rosa, si luego constata que a un presidente sudamericano se le cae la baba con las *Mises* Universo y no se pierde ni un capítulo de su telenovela favorita y, para acabarla, escucha que un presidente güerito y rosadito tiene un pito débil, digo, un punto débil: su bragueta se conmueve irremediablemente ante las mujeres *vacuum*, esas que, con el corazón en la boca, saben cómo succionarle el *stress* en un Salón Oval de una Casa Blanca (o azul con manchitas)?

La realidad se parecía mucho a una telenovela

mal editada. Bueno, al menos la realidad que salía por la *tevé*. Después de todo, la televisión resultaba mucho más creíble que la misma realidad. Es más, la prueba más rotunda de que la realidad existía era justamente que salía por la televisión. Quizás por eso un niño demandó —y por qué no— a la compañía *Tecni-Cola* porque esta no cumplió una promesa que le hizo en un *spot* publicitario: regalarle un caza-bombarderos si acumulaba determinado número de puntos. Por más imposible que al niño le pareciera, si en la televisión lo decían, tenía que ser cierto. Así que el niño tomó *Tecni-Colas* hasta soltar burbujas por las orejas, y luego exigió su regalo. Los publicistas pegaron el grito en el cielo porque jamás imaginaron que su anuncio fuera tomado al pie de la letra. Yo, como solo me ocupo de la vida de Rosa, me perdí la noticia y no sé en qué paró todo aquello. Lo único que supe es que Rosa se quedó muy confundida y sin saber qué pensar. Ella también creía en todo lo que le decían por televisión, porque ¿qué interés iban a tener en mentirle?

Otra cosa que traía a Rosa de delante para atrás era la supuesta sangre de los supuestos muertos. Siempre le habían dicho que los muertos no se morían de verdad en las telenovelas ni en las películas. "No llores, Rosa", le repetía Teodoro, "no te asustes, Rosa", le repetía Teodoro, "no te tapes la cara, Rosa", le repetía Teodoro. "Todo es de mentirita, vieja", decía para rematar. Por eso es que los mismos que se morían en una telenovela, salían en la otra sin darse por enterados de que estaban muertos. La sangre tampoco era sangre, por más rojita que se viera en la pantalla. Era salsa de jitomate. Salsa de jitomate que brotaba a presión por las orejas, que corría nariz abajo a gran velocidad, que salpicaba barriga afuera y moteaba la cara de los que estuvieran cerca, que se vomitaba por la boca o salía a borbotones por los cráneos abiertos como pistachos. ¿Cuántas latas de salsa de jitomate se necesitarían para cada muertito, si la más barata estaba a $1.99 y solo alcanzaba, si acaso, para el tradicional hilito de sangre que sale por la boca? Y lo que más le reventaba a Rosa no era calcular los gramos de cada lata o que ya no pudiera sazonar con salsa de jitomate por la mala impresión que le daba la pulposa pasta sanguinolenta. Lo que más le reventaba era que el día que Tedensio se petateó, ella no tuvo el valor de llamar a la policía sin antes darle una probadita al escaso líquido que embarró la alfombra. De qué otra forma podía saber si al vecino de al lado en realidad lo había perforado una bala, o era solo un trucaje cinematográfico o alguna broma de mal gusto para *Halloween*. Sospechó un poco cuando vio que el líquido que salía del hueco de la cabeza no llenaba ni cinco latas, y que aquel cuarentón boquiabierto y ojiabierto que solía sacar el perro a mear cada tarde, tampoco la impresionaba como los muertos que salían en primer plano en las películas. El sabor en las papilas de Rosa arrojó como resultado que era sangre o, al menos, que no era salsa de jitomate. Rosa se tragó lo sucedido, pegó el grito correspondiente en estos casos y salió disparada jalando a Teodorito —quien curiosamente no gritaba.

La policía llegó al poco rato y contó con la colaboración de testigos como Rosa para concluir, tres semanas después, que el presunto homicida era el mejor amigo de Tedensio, y que al parecer había huido a Michoacán tras haber cumplido una antigua venganza pueblerina (que aparentemente tenía algo que ver con una rencilla amorosa). Los detalles era lo de menos. La cuestión era que en este caso el líquido turbio, oscuro y pegajoso sí era sangre, una réplica infame de la copiosa salsa de jitomate que salía por la *tevé*.

Las cosas serían siempre color de hormigas si a cada momento Rosa no tuviera que estar festejando algo: o Navidad, o el Día de Acción de Gracias, o las Pascuas, o el Día de las Madres, o el Día de *Halloween*, o el Día de Reyes, o el Día de los Padres, o el Día de la Raza. Y las fiestas siempre venían acompañadas de compras. Y las compras con problemas, porque los chiquillos se habían malacostumbrado a ser pediches.

El Día de Reyes, los niños prepararon largas listas de pedidos. Rosa y Teodoro rompieron las alcancías, y luego sumaron y dividieron para que todos fueran complacidos por igual: los miembros mutilados de "Toy Story", las mismas *Barbies* con diferentes vestidos, una mochila con "El rey León" en tercera dimensión, la pandereta de Esmeralda, la gitanilla de "El jorobado de Notre Dame", "101 dálmatas" de peluche, un "Tarzán" (des)vestido con un taparrabo políticamente correcto y apto para la audiencia infantil, y otras *disneylandeces*. Pero lo que Rosalinda había pedido esta vez no se podía comprar en las enormes cadenas de tiendas de juguetes. Parecerá absurdo, pero así era. ¿Cómo comprar una abuela en tales sitios?

—Mire, mi'ja. Las abuelas no son de juguete. Hablan y caminan como nosotros —explicó Teodoro, con una desconocida delicadeza paterna.

—¡¡¡Pero yo quiero una abuela!!! —clamaba la niña, empecinada hasta el tuétano. Otra en su lugar, tal vez habría pedido un hermanito o un perrito o un gato persa, pero ya Rosalinda tenía hermanitos como para no querer ni uno más, y los animales no eran santos de su devoción. Ella había oído hablar en la escuela que las abuelas se sabían muchas historias bonitas, que solían cantar canciones y que hacían unos pasteles como para chuparse los dedos. ¡¿Cómo no iba a querer una abuela pues?!

Rosa se trepó a un mueble, sacó un montón de cajas y en una, donde también habían hilos, dedales, tijeras y un rebozo viejo, encontró dos fotos amarillas.

—Ahí los tienes, son tus abuelos maternos —dijo Rosa.

—Pero estos no son de verdad. ¡Yo quiero unos de verdad! —gritaba la niña.

—¿Qué quieres que haga? Murieron antes de que nacieras.

—¿Y los papás de mi papá? Esos también son mis abuelos, ¿no? ¿Por qué no me regalan uno de esos? —preguntó Rosalinda, sin apartarse de su empeño.

—¡¿Qué cosas se te ocurren, mi'ja?! Esos viven lejos. Y tampoco creo que te gusten. Especialmente tu abuela paterna. Es un demonio esa vieja.

—No me importa, la quiero con cuernos y todo. Con tal de que cante y cuente cuentos...

—Y dale la burra al maíz. Mira, niña, pide otra cosa. Hay muchas muñecas bonitas. ¿Qué tal una *Barbie* vestida como samurái?

—¡¡¡Quiero una abuela o NADA!!! —gritó Rosalinda jalándose el pelo. Luego jaló el de Gota de Rocío para llamar la atención de su madre. Gota de Rocío, sensible a un jalón de pelos, comenzó a gritar como si la estuvieran pinchando con un tenedor.

—¡Deja a tu hermana en paz! —intervino Rosa y le dio par de empujones a Rosalinda—. Sí, te voy a regalar a tu abuela para que se te quiten las ganas de tener una. Pero pídesela a tu padre.

Teodoro se había escondido en el baño porque presentía el rumbo que iba a tomar la solicitud de su hija. La niña lo esperó en la puerta como si tener una abuela el Día de Reyes fuera la única misión importante de su vida. Teodoro creyó que la niña había desistido pero apenas abrió la puerta, la ladilla le cayó encima. ¡Ni modo! Teodoro tuvo que explicarle por qué ellos habían crecido sin abuelos y sin más familia que sus padres y sus hermanos.

—Y dale gracias a Dios —concluyó Teodoro—. Hay niños que ni siquiera tienen hermanos ni papás.

—¿Ni tele? —preguntó Rosalinda, ya casi convencida y conmovida.

—Quién sabe, mi'ja.

Rosa se había refugiado en la cocina. Rosalinda tuvo la osadía de insertar un objeto anacrónico en aquella aparente armonía de objetos modernos. ¡Una abuela! Aunque Rosa se había esmerado en cortar el cordón umbilical con sus ancestros con la idea de que así sus hijos se sentirían menos atados y se adaptarían más a su nuevo país. Ahora había tenido por fuerza que recordar a sus padres, a quienes enterró un mes después de casarse con Teodoro. Todo por culpa de unos extraños parásitos que se les alojaron en los intestinos y que no les querían salir ni con purgantes. Pero Rosa sí tuvo la suerte de tener a su abuela mientras crecía. Doña Fefita, ¡cómo olvidarla! Era menuda y diligente. Arrugadita como acordeón y con una trenza larga y blanca. Fue su abuela quien le enseñó a hacer tortillas a mano en un comal, quien primero le habló de La Llorona (esa alma en pena que no encontraba reposo y cuya personalidad tanto la atraía), quien la defendió cuando su padre le quería entrar a correazos por haber empachado a la gallina pinta con miel de abeja, quien la apapachaba en las noches en que la luna llena resplandecía azulosa sobre la milpa. Una lágrima se le escurrió por el ojo izquierdo y Rosa la atajó con la mano antes de que le mojara la boca. Tuvo entonces una idea de consuelo: las abuelas de la tele, que tan buenos regalos hacían por Navidad y que se las gastaban en cremas hidratantes para que las arrugas se quedaran con las ganas de salir, posiblemente sustituyeran el hueco grande de no tener una abuela como Doña Fefita.

Pero los problemas no terminaron ahí. De la escuela llamaron a Rosa con la queja de que los gemelos,

Francisco Javier y Alfonso Enrique, le habían entrado a golpes a un compañerito del salón.

—El negrito empezó primero —argumentó Francisco Javier cuando su madre los jalaba por las orejas de camino a casa.

—Es verdad. Empezó él —alegó Alfonso Enrique en defensa propia.

—Me importa un rábano quién empezó primero —gritó Rosa—. ¿Dónde es que han aprendido a pelearse, a ver? En casa no les hemos enseñado esos modales. Además, no se dice negrito, se dice a-fro-a-me-ri-ca-ni-to, ¿me entendieron bien?

—Pero si es negrito... —interrumpió Alfonso Enrique, y acto seguido dio un alarido por el jalón que le dio su madre.

—Pero la gente tiene su nombre, nadie se llama con un color —lo reprendió Rosa.

—Tampoco se llama afroamericanito, se llama Barry —chilló Francisco Javier y, claro está, con tal respuesta, a Rosa no le quedó más remedio que darle un jalón de orejas a él también.

El castigo que les puso era el que se merecían: dos horas frente al televisor sin rechistar.

—Para que aprendan a no pelear —sentenció Rosa.

En la pantalla estaban dando una película truculenta que mantuvo al par de chiquillos con los ojos redondos. Unos tipos degollaban a dos niños y luego los lanzaban a un río. Otros tipos, de aspecto muy desagradable por cierto, estrangulaban a sus víctimas con un cordón umbilical y luego les sacaban las tripas y se las comían.

A Rosa quien más le preocupaba de todos sus hijos era el mayor. Teodorito hablaba poco y tenía un tic nervioso incesante que, ora se le posaba en el ojo derecho, ora se le corría para el pie izquierdo. Rosa se exasperaba con las muecas que su hijo hacía con la cara o el movimiento pendular que hacía con la pierna cada vez que ella o Teodoro le preguntaban cómo iba en la escuela. Y es que Teodorito estaba cada día más huraño e irreconocible. Ya no era aquel chico modosito y obediente que llegó a los Estados Unidos, soñando con montar los aparatos de Disneyland. Rosa tenía incluso la leve sospecha de que su hijo andaba en malos pasos y decidió asegurarse antes de emprenderla contra el niño. Levantó la extensión del teléfono para escuchar una de las conversaciones de Teodorito. Hablaba con un amigo de la escuela. Ambos repetían hasta la saciedad la palabra *cool*. Todo era *cool*, lucía *cool*, parecía *cool* o sencillamente, no era *cool*. Por más que afinó el oído, Rosa no entendió qué era eso de *cool*, pero dedujo que ser *cool* era lo más importante en la vida de su hijo. Entre *cool* y *cool*, lechuga. Ah, no perdón, perdí el hilo de la narración. Repito: entre *cool* y *cool*, Rosa oyó hablar a su hijo y a su interlocutor de personajes extravagantes, semianimales o semimetálicos, como "el hombre-lobo", "el hombre de hierro", "el hombre-vampiro", "Robocop", "el hombre-araña", "el hombre-murciélago", "el hombresaurio", "el chupacabras" y otros que de solo pronunciar sus nombres, dan escalofríos. Rosa respiró con alivio y colgó el teléfono con cuidado. Su hijo no andaba en pandillas ni en drogas como tontamente había sospechado. Era un buen muchacho. Era un chico *cool*.

Ignoraba Rosa que el chamaco asimilaba el mundo en pedazos. Ninguno de los pedazos encajaba en el mapa de vida que tenía Teodorito. Incluso, no tenía sueños completos, sino a medias. El sueño acudía a él cada noche como un *spot* enloquecido por el exceso de imágenes: segundos de nalgas desparramadas ante un almanaque de bomberos, trampas donde no caían ratones, segundos de incendios donde se achicharraban millones de serpientes, más trampas, segundos de serpientes que se comían bebés enteros, más trampas, segundos de bebés que violaban a sus madres, más trampas, segundos de carros rojos que luego eran un manguerazo de sangre, y más trampas, segundos de sangre que salían de unas carcajadas espumosas como champán, y más trampas, segundos de champán que goteaban de las carnes colgadas en ganchos, y más trampas, segundos de ganchos clavados en las gargantas de unas negras pentecostales, y más trampas, segundos de unas medias negras que calzaba una mujer con tetas, y más trampas, segundos de tetas que se inflaban como globos y reventaban, y más y más trampas, segundos de bombas de tiempo... a punto de estallar...

Desde hacía varios días, Teodorito le había pedido a sus padres que le compraran un *jean* marca Arizona para llevar a la escuela. Sus padres, complacientes como eran, buscaron uno idéntico y hasta de mejor tejido, pero de mucho menor precio porque no era de la misma marca. Teodorito protestó sin remiendos.

—Yo quiero Arizona, no esa basura —gritó.

—¿Eres tonto o te haces? —le gritó Rosa en la oreja—. Este es mucho mejor y vale mucho menos, mi'jo.

—Yo quiero ARIZONA —gritó el niño sin escuchar razón alguna.

Los padres consideraron que era lógico que el niño entendiera poco de tejidos y de buena calidad y solo tuviera en cuenta las marcas. De modo que ignoraron su ignorancia y compraron finalmente el *jean* más barato. Teodorito no se los perdonó. Ellos no comprendían el problema que se iba a buscar él por no llevar el pantalón de moda. Aquel pantalón era una de las credenciales para ser aceptado y hasta admirado en su escuela. Pero claro, qué iban a entender sus padres, para quienes la moda estaba pasada de moda.

Por si fuera poco, tampoco le compraron los muñecos que vendían en *Burger King* y que formaban la colección de personajes de la película "El jorobado de Notre Dame" (que pensaba regalarle a Dorita por su cumpleaños) e incluso se negaron a comprarle un traje de exterminador.

Aquéllas eran razones más que suficientes para que Teodorito obrara como obró. Ese día vino de la escuela muy sospechoso. Diría que demasiado. Fue el mismo día que Teodoro echó de menos los doscientos dólares que traía en su cartera para comprar unas piezas al carro.

Rosa miraba la telenovela. Cristiancito balanceaba el cuerpo en la silla de ruedas y se golpeaba una mano con la otra. Teodorito llegó sin saludar y se trancó en el cuarto. A Rosa le extrañó no escuchar el ruido de la tele, que era el primer objeto que su hijo tocaba al entrar a su recámara. Entonces aprovechó que pasaban un comercial sobre la vitalidad que ofrecía Artificín Complex, para acercarse al cuarto y pegar la oreja en la puerta. Nada. Un silencio de muerte.

—¿Estás bien, mi'jo? —preguntó Rosa.

Nadie le respondió.

—Mi'jo, ¿estás bien? Ábreme, por favor —se inquietó Rosa.

El ruido de la tele fue la señal de que su hijo estaba bien. Posiblemente quería estar solo a causa de alguna discusión en la escuela... algo sin importancia. Rosa regresó al sofá de *vinyl* rosado con forro de nailon tornasolado. Pero no más llegó al filo del sofá, alguien se le abalanzó por la espalda y la pinchó con algo frío e indoloro. Apenas tuvo tiempo de voltearse y ver los ojos encendidos de su hijo. Teodorito le había empujado una navaja en el costado derecho con un golpe sin titubeos. La sangre había tardado un poco en salir de la herida. Pero Rosa siquiera había reparado en eso. Teodorito aún sostenía con la mano el mango de la navaja y la navaja aún permanecía erguida en la carne de Rosa. Algo murmuraba él. ¿Arizona? ¿Notre Dame? ¿Exterminador? Bueno, qué quieren, no alcancé a escucharlo bien. Son gajes del oficio.

—¿Por qué, mi'jo? —fue lo único que dijo Rosa en ese momento, y cayó redondita al suelo.

Teodorito se asustó al ver a su madre con el rostro torcido. Ella estaba boca arriba y algo ladeada hacia el televisor. Los lentes verde-amarillos le habían saltado de los ojos y ahora dos pupilas negras —conectadas a la masa blanca por ramificaciones de venitas rojas— se le habían quedado petrificadas frente a la pantalla. La sangre era espesa y parecía emanar del fondo de la vida: oscura y con olor a tumba. Mientras, los de la tele seguían odiándose y amándose, completamente indiferentes al cuerpo inerte y sangrante de Rosa. Cristiancito aullaba de impotencia al no poder, ni saber cómo, socorrer a su madre.

La comadre Lupe tocó la puerta, alarmada por el escándalo de Cristiancito. Era habitual que el escuincle gritara, pero aquellos alaridos se le hacían demasiado novedosos. Teodorito estaba confundido. Le parpadeaba toda la cara y sentía que el apartamento giraba como una noria satánica. Era la primera vez que la cocaína fluía por sus trece años. El miedo se le empotró en el pecho, el corazón bombeaba sin control, las venas se le hincharon y se asomaron por toda la carne. Teodorito había inhalado poca, pero suficiente para darse cuenta de que los objetos a su alrededor eran monstruosamente grandes, más grandes que él. Especialmente el sofá de *vinyl* rosado con forro de nailon tornasolado. La comadre Lupe tocó una y otra vez. Teodorito tragó en seco. Si abría, lo descubrirían, y si no abría, nadie podría auxiliar a su madre. Tenía poco tiempo. Finalmente trató de cargar a su madre, y al no poder, la arrastró hasta la puerta. Abrió. La comadre Lupe empezó a pegar gritos cuando vio la sangre en la alfombra rosadísima. Luego llamó a la ambulancia y Rosa fue a parar al hospital en una camilla portátil. Teodorito no la acompañó. Se quedó en el apartamento, dándose cabezazos contra la pared. Cristiancito intentó imitarlo pero lo único que consiguió fue dar contra el piso. Allí comenzó a arrastrarse y a llorar. Luego llegaron Basilio y Teodoro con el resto de los niños y preguntaron qué había pasado.

—El *jean*... no-no lo compraron... ni-ni nada... na-na nada... en la escuela... se-se bu-burlan... pero yo... yo-yo no soy un fra-fracasado. ¡No-no soy un fra-fracasado... co-co-como ustedes! —gimoteó Teodorito fuera de sí y sin hilvanar sus ideas.

Teodoro le lanzó una bofetada que le dolió incluso a Basilio. El niño tenía la cara contraída y un gesto desconocido.

—¡Me las vas a pagar! —dijo, abalanzándose contra su padre con la navaja en la mano.

Basilio advirtió la maniobra y le atajó la mano en el aire. Teodorito sintió que el compadre le estrangulaba la muñeca y soltó la navaja. Teodoro se había quedado sin habla. Observaba a su hijo como si este fuera una zanahoria. Luego, fuera de control, lo abofeteó una y otra vez y otra vez y otra.

—Párele, compadre, es su hijo —intentó detenerlo Basilio.

El niño empezó a llorar entre la confusión y

el dolor. Los músculos de su rostro fueron cediendo paulatinamente y de momento, comenzó a temblar, a sacudirse con violencia, a soltar espuma por la boca. Y de no ser porque Basilio y su padre se lo llevaron volando al hospital, a esta hora Teodorito tampoco estaría haciendo el cuento.

Rosa salió del hospital a los tres días. La herida no había sido profunda, y por suerte la navaja no había pinchado ningún órgano vital. Teodorito tardó más en salir. Su repentina epilepsia lo mantuvo en observaciones. Y luego hubo que darle calmantes para que dejara de gritar y de hacer sonidos de ametralladoras con la boca.

La comadre Lupe, Carlota, la vecina amable y solterona, y María Candelaria, la buena de su vecina, ayudaron a Rosa con los chamacos, para que esta pudiera ir al hospital a cuidar a su Teodorito. Allí se mantuvo la heroica madre hasta que le dieron de alta a su hijo mayor.

—No te apures, mi'jo, todo va a estar bien —lloraba Rosa besando las manos heladas de su hijo e importándole un rábano lo que pensaría la María Oliva si la viera en tal terrible situación.

Teodorito no la miraba. El odio y el amor eran sentimientos gemelos que se disputaban su cerebro y la culpa se mantenía latente dentro de su cuerpo para confundirlo aún más. La única salida que encontró disponible fue negarle la mirada a su madre. Rosa supuso que aquella actitud era un visible arrepentimiento y se ablandó como gelatina. Tanto, que ni siquiera reparó en que las enfermeras no llevaban cofias ni iban vestidas con vestidos cortos y *sexis*. Incluso, algunas eran gordas y otras francamente feas. Seguramente en aquel hospital de mala muerte no tenían ni donde caerse muertos. ¡Una cofia es lo más fácil de llevar en la cabeza, por Dios! Hasta en las telenovelas las llevan. Y así es, como mismo las cocineras llevan su gorro y no se lo quitan ni para salir, como mismo las sirvientas llevan delantales, y como mismo las malas mujeres fuman con boquillas... Fíjense que si no es porque la mujer que se aproximó a la cama de Teodorito traía una jeringuilla y no sé ni cuántas cosas más en una bandeja metálica, Rosa jamás se habría enterado de que era una enfermera. Pero al menos a nadie se le había ocurrido dudar de la legalidad de los pacientes. Era lo último que le faltaba.

El mismo día que salieron del hospital, una trabajadora social intervino en el caso. Rosa jamás había dado parte a la policía, y había dejado bien en claro que se trataba de un lamentable accidente. Teodoro tampoco había hecho ningún comentario sobre el asunto. La trabajadora social, sin embargo, sospechó que los padres intentaban proteger a su hijo. Trató de que confesaran, pero viendo que todo era inútil, recitó unos cuantos consejos, les dio una lista de teléfonos y direcciones de organizaciones que ayudaban a familias con violencia doméstica, les regaló una sonrisa y un "ya saben que pueden contar conmigo para lo que necesiten", y se fue por donde vino.

Rosa y Teodorito se quedaron solos, casi uno

frente al otro. Teodoro tuvo que ir casualmente al baño por una inoportuna descomposición estomacal. Rosa sentía tanto miedo como su hijo. Las tripas le hacían gárgaras en la barriga. Las palabras estaban colgadas en el aire y se escurrían sobre sus cabezas. El silencio los mantenía de penitencia y sus miradas esponjosas pronosticaban mal tiempo. Una punzada haraquírica dividió el cuerpo de Rosa en dos mitades adoloridas. De súbito, le subió el llanto a la garganta y a fuerza tuvo que sacarlo por los orificios de su cara. Lágrimas por los ojos, lágrimas por la nariz, lágrimas por las orejas, lágrimas por la boca. Y en medio de aquel charquero de vómito, mocos, cerilla y agua salada, Teodorito recordó a su madre. La mujer rubia de lentes verdeamarillos, de figura comprimida por las fajas y de un fuerte olor a Imitación de Opium que lloraba frente a él, le recordaba a una mujer chaparrita y de vientre ancho, con una larga y mullida trenza negra, con la mirada más honda que él jamás había conocido y la piel tibia y tostada como pan recién horneado. ¿Sería acaso la misma que los había traído a todos en un camión de verduras, estrujaditos bajo los brazos, bajo la falda, bajo su fuerte olor de madre asustada? Teodorito empezó a llorar espantosamente y su madre ya no se contuvo las ganas de exprimirlo contra el pecho y pedirle perdón. Dijo perdón sin saber por qué había salido esa palabra de su boca. Teodorito la repitió miméticamente. Las dos cabezas se encontraron, las dos frentes sudaron a coro, las cuatro manos se ensartaron, los dos corazones bombearon la sangre con estridencia, y entre los dos cuerpos formaron una bola de calor que los mantuvo en una órbita cerrada. "Perdóname, mi'jo", volvió a decir Rosa. Ambos, como un rezo lento, repitieron perdones insaciablemente y consiguieron ahuyentar al miedo por unos instantes.

Teodoro salió del baño con la cara mojada. Traía los ojos rojos y las comisuras caídas. Avanzó hacia Rosa y su hijo, y se sumó al rito con los brazos extendidos y un gimoteo infantil. Gota de Rocío, Alma Rosa, los cuates y Rosalinda intentaban entrar al estrecho círculo que mantenía a Rosa, a Teodoro y a Teodorito estrechamente abrazados. Luego de unos minutos, ¿o fueron horas?, Rosa soltó las amarras y los observó a todos, uno por uno, con una sonrisa nueva —o quizás muy vieja. Dio un beso en la frente a Cristiancito y luego abrazó la mitad del cuerpo del niño. El televisor de la sala había estado presenciando toda la escena. Encendido y tenaz, con un murmullo de voces entrecortadas, insistía en mostrar cómo Fernando José, confundido con las intrigas de la mala, pensaba clavarle un cuchillo de cocina a su propia madre. Rosa suspiró. Algo pasó por su cabeza que nadie pudo leer en sus ojos. Creo que deseó infinitamente que aquel momento familiar se repitiera, se repitiera y se repitiera, como esos capítulos de telenovela con alto *rating*. Quería hacer algo urgente para que aquella sensación de estar y de ser, siguiera dándose en su vida. Ya apenas se reconocía en sus hijos o en su esposo. Ya no sabía si ella era Rosa a secas, Rosa como la bautizaron sus padres, Rosa la madre de siete hijos y la mujer de un Teodoro, o acaso era

Rosa Virginia Altares Iglesias, o Blanca Rosa Silvestre, o Alma Cándida Rosales Balbuena, o Rosa Margarita Abril Primaveral, o Rosa Magdalena Carbajal, o Perla Rosa del Mar, o Rosa Aurora Miraflores, o Rosa Rocío Rosado de los Ángeles u otra Rosa. Tampoco tenía una idea clara del lugar al que pertenecía, ni sabía cómo debía ser, cómo debía actuar, cómo debía pensar después que tantos espíritus foráneos la habían habitado y maniatado. Sus neuronas se desgañitaban gritando por un cambio emergente pero no le proponían, las muy inútiles, por dónde empezar. Rosa trató de acudir a las miradas de sus hijos y buscaba en cada par de ojos una respuesta. Pero todos parecían enlazados por la misma incapacidad de obrar. De pronto, vio el rostro de Cristiancito iluminado de un extraño placer. Sus mejillas estaban inyectadas de un rojo subido de tono. Hasta advirtió que sujetaba los brazos de su silla de ruedas y los frotaba con ambas manos ansiosamente. Cristiancito miraba la telenovela de las tres de la tarde. Rosa volteó la cara para encontrar dónde había ido a parar la mirada de su hijo pequeño. Y la mirada de Rosa halló la mirada de su hijo en el filo de un cuchillo de cocina que se alzaba y luego bajaba a toda velocidad para enterrarse en la barriga de una mujer.

   Ta

      ta

         ta

            tannn...

   Sí, por fin llegó el final. O mejor dicho, los dos finales. Ustedes elijan el que más les convenga.

En el primer final, Rosa continúa viendo sus telenovelas favoritas, de 11.00 a. m. a 11.00 p. m., de lunes a viernes. Teodoro se gana la lotería. Los niños van a las mejores escuelas. Todo se arregla milagrosamente y de la noche a la mañana. Cristiancito Alejandro aprende a caminar con dos piernas plásticas y es elegido en un *casting* para protagonizar una telenovela romantiquísima y que tendrá el mayor *rating* del próximo año. Rosa y Teodoro se casan nuevamente, son felices y comen perdices. Ah, y se dan un beso de amor... *The End*... digo, fin.

En el segundo final, Rosa fue testigo del crimen. Vio claramente el segundo en que el cuchillo de Fernando José entraba por el ombligo de su madre y se retorcía entre los intestinos grueso y delgado. Luego miró a Teodoro, a Teodorito, a Rosalinda, a Alma Rosa, a Gota de Rocío y a Cristiancito. Debía hacer algo y pronto. Tenía que hacer algo ya. Buscó algo para sostener su miedo y no había un solo objeto en toda la casa que la socorriera. Sentía dolor en todas sus articulaciones, en su cabeza y en el centro del estómago. Tragó en seco y frunció el ceño más confusa que decidida. Por algo había que empezar, por algo... pero por dónde, por dónde. Nadie parecía notar la desesperación de Rosa ni el remolino que la revolvía por dentro. Miraban la tele, miraban los comerciales, miraban la pantalla, miraban los botones, miraban los sonidos.

Un chirrido agudo sacudió el sofá telúricamente. Teodoro se agachó para ver. Y ahí estaba la víctima. Por fin había caído el ratón en la trampa. Movía la cola y chillaba adolorido. Aún le quedaba vida y movía sus punzantes ojillos como suplicando otra oportunidad. Las niñas gritaron y se treparon en la mesa del centro. Los niños se carcajearon. Alfonso Enrique quiso jalarle la cola al roedor moribundo, o mejor, sugirió cortársela en pedacitos microscópicos. Teodoro fue a la basura disimulando el asco que le producía sostener al animalucho seco y sanguinolento, mientras Rosa pensaba casi con tristeza: "la trampa funcionó". Sin saber cómo, sus pies avanzaron lentamente hacia la luz incisiva de la pantalla. Caminó hasta el mismo centro de la telenovela, observó con repugnancia la risotada del protagonista y con un gesto resuelto, apagó el televisor.

Otras obra publicadas por CBH Books

Ivan of Aldenuri   J. P. Foncea
Del río Rojo   Ram-Mar
Baje de peso con una reducción de...   E. D. Rosa
Misterios detrás de las sotanas   B. B. Guzmán
Hilos de seda   J. Sanz Mayoral
Empresas puertorriqueñas...   K. L. Orengo Serra
Don't Blame the Blacks Because...   J. R. Georges
Anywhere, Anytime   I. P. Leyra
Un Pacto con Dios y Su poder...   J. Alzamora
Planeta i ...Tino, el inglés y el Internet   Tulio M
Mixú   E. Heredia
La reina del Pacífico   M. Miralles
La historia ante el espejo   H. Herrera
Allende/Pinochet (Versión en Inglés)   P. Turton
Ángeles en guerra   E. Tornelli
The Origin of the Universe and Life   R. O. López
El libro que nunca debió escribirse   J. A. González
Loss of Vision in the Modern World   J. R. Georges
Minutos   J. M. Suárez
Tríptico poético   J. Jaramillo
Las astillas del sándalo   É. Emáel
Así somos   E. Lehman
La diferencia entre la gente de éxito...   A. Mata G.
Un poco de vida   G. López

La editorial Cambridge BrickHouse, Inc.
ha creado el sello CBH Books
para apoyar la excelencia en la literatura.
Publicamos todos los géneros, en todos los idiomas
y en todas partes del mundo.
Publique su libro con CBH Books.
www.CBHBooks.com

De la presente edición:
La vida es color de Rosa
por Yanitzia Canetti
producida por la casa editorial CBH Books
(Massachusetts, Estados Unidos),
año 2010.
Cualquier comentario sobre esta obra
o solicitud de permisos, puede escribir a:
Departamento de español
Cambridge BrickHouse, Inc.
60 Island Street
Lawrence, MA 01840, U.S.A.

www.ingramcontent.com/pod-product-compliance
Lightning Source LLC
Chambersburg PA
CBHW050415260626
47156CB00003B/1026